コーリング・ユー

永原　皓

集英社文庫

目次

登場人物

イーサン
スラットン海洋研究所（米国）・
主任研究員。

ノア
スラットン海洋研究所（米国）・
海洋動物の主任飼育員。

アンバー・ロス
米国海軍情報局・大尉。イーサンの恋人。

ダニエル・ソーバーグ
国際バイオ企業〈RBグレンツェ〉・幹部。

マクシム・アバルキン
極東ロシアで水産会社を営む。

イヴァン
マクシムの部下。義弟。

セブン（カイ）
仔シャチ。高い学習能力を持つ。

エル
仔シャチ。セブン（カイ）の従姉。

Calling you

コーリング・ユー

プロローグ

〔何をしているの、カイ〕
〔おしゃべりをきいているんだ〕
幼い声で、カイが答える。
〔おしゃべり？〕
エルは暗い水中を泳ぎ寄り、彼の隣で意識をこらした。
〔ああ、クジラね……〕
ふたりは互いの片ひれを触れ合わせながら聴き入った。心地よく冷えてたゆたう、果てしない無彩色の世界。白い雪《マリン・スノー》が降り続けている。
世界は〈声〉に満ちている——いつものように。甲高い呼びかけや低い呟《つぶや》き。探索のカチカチ音、驚きの悲鳴。夜の入江を出て沖へと向かう二隻の船の、遠いスクリュー音。岩場や海藻を鳴らす水流の複雑で強いうねり。そして、永遠に絶えることのない波音。
〔ぼく、クジラの声がすき。きいてると、なんだかふしぎな気持ちになる。……遠いと

ころから、呼ばれてるみたい〕
〔ザトウクジラは、とっても遠くまで行くって、おばあちゃんが言ってたわ。だから、広いところで仲間と離ればなれになっちゃっても聞こえるように、大きい声で呼びあうの。それでねえ、クジラは〈あついところ〉にも行くんだって〕
〔〈あついところ〉って？　それ、なに？　どこにあるの？〕
　カイが、くるっと向き直る。
〔知らない。でもクジラは、たくさん歌をうたったり、赤ちゃんをうんだりするためにそこに行くの。行ったり来たりする途中で、このちかくを通るんだって。夏に戻ってくるとき、赤ちゃんを連れているから、クエルおばあちゃんはそれ、知ってるのよ〕
〔ふうん。ぼくも、行ってみたいなあ〕カイが呟く。
　エルはぎょっとした。
〔だめよ。よく知らないへんなところに行って、具合がわるくなったらどうするの。体中がかゆくなるかもよ。尾びれが、くさっちゃうかも〕
　想像するだけで身震いした。
〔クジラがうたったり、赤ちゃんをうんだりできるとこなら、きっとそんなにへんなところじゃないよ〕
〔あたしたちは、クジラじゃないでしょ〕

エルがぴしゃっとやり込める。
本当にカイは、家族で一番ちびっ子のくせに、いつだって何を言い出すか、何をしでかすかわからない子だ。昨日だって、アザラシの後を面白半分についていって引き潮の岩場で立ち往生し、危うく死ぬところだった。それでおばあちゃんから大目玉をくったばかりなのに。浅瀬に入り込み、そこから脱出する練習は、もっと大きくなってからでないと出来ないのだ。
〔そうかなあ〕
カイが、いかにも残念そうに言う。
〔あのクジラたち、〈あついところ〉のことをはなしているのかなあ。ぼくにも、もっとおしゃべりの中身がわかればいいのに〕
〔なんだか、低くって、ぼーっとした声よね〕
エルは内心呆《あき》れながら、それでも曖昧に相槌《あいづち》を打ってやった。彼女より三週間遅く生まれたカイは、確かにいろいろ世話が焼けるけれど、それでも彼女にとっては唯一、自分より小さい、大切な従弟《いとこ》なのだ。
〔ぼーっとしてるけど……〕
カイは、ふと頭を上げた。
〔でも、ほら――いま、今のとこ！　今のとこの意味はわかるよ〕

〔なあに？〕
〔ここにいるよ、って言ってる〕
深い彼方《かなた》を見透かしながら、夢見るように、カイは言った。
〔ぼくは今、ここにいるよ——君は？　……って〕

第1章

奇岩の群れが、濃灰の海面を破り曇天を衝《つ》いている。まるで中空の何かを切望しながら沈んだ黒い巨人の指のようだ。その一本の太い根元で、先刻から白い飛沫《しぶき》が不規則に飛び散っている。

マクシムは、双眼鏡でそれを観察していた。

三頭のシャチが集まっている。

全長四十五メートル、本来はカニ漁船であるこの〈ジムチュージナ号〉の甲板からは視認出来ないが、おそらく岩肌に亀裂があるのだろう。シャチの巨体が入っていけるような隙間ではない。大きな魚たちをそこに追い込み、強い波を送り込んでは、内部でその衝撃に失神した魚が再び外へと流れ出てくるのを待つ。狩りの手法の一つなのだ。

やがて飛沫が収まった。浅瀬で魚を追っていた他のシャチたちも、それぞれに十分食欲を満たしたらしい。散らばっていた個体が集まり、進行方向を指示するリーダー——一家の長老である雌——の合図に導かれて、沖へと移動を開始した。

「イヴァン。おまえは、何頭見える」

マクシムは、近くでやはり双眼鏡を覗《のぞ》いている若い義弟に声をかけた。

「九頭――かな」

イヴァンが、やや慎重な口ぶりで答える。

「そのうちで、小さいのは？」

「ターゲット・クラスということだよね？　一頭」

「やっぱり、一頭足りねえな」

マクシムは半白の頭を巡らせ、肉眼で海上を見回した。

「先々月の初めに見かけた時、あの家族《ポッド》は十頭構成だった。子どもが二頭いたんだ」

「……そういえば」

（どこへ行った）

あの大きさだった仔《こ》であれば、まだ成獣たちの保護を必要とするはずだ。この三ヶ月ほどの間に病気になったか、どこかで不慮の災難に見舞われ、既に死んだのだとも考えられるが――

ほとんど同時に、マクシムとイヴァンはごく小さな、しかし不自然な白波を見つけた。

「いた！　何をやってるんだろう、あんなところで？」イヴァンが双眼鏡の倍率を上げる。

仔シャチは、マクシムが先ほど観察していた岩場の近くにいた。小さな尾びれでしきりにパシャパシャと海面を叩《たた》いている。苦しむ動きではない。一心に遊んでいるかのようだ。

マクシムは、突然気が付いた。

「親の真似《まね》をしているんだ」

「えっ？」

「おとなたちがさっきしていた魚狩りを、自分も試している」

マクシムは背後で見物していた船員らを振り向いた。

「親がまだ気付いていない、今ならポッドとあの仔を分断出来る。船長にすぐ全速前進と伝えろ！　イヴァン、スキフでスタンバイ」

「了解！」

船が曳航《えいこう》してきた作業ボート《スキフ》の方へとイヴァンが走ってゆく。

一気に慌ただしくなった船上で、マクシムは再び仔シャチの方へと目を戻した。

小さなシャチはまだ頑張っている。少々得意そうでもある。一人前に狩りが出来ている気分になっているのだろう。

ポッドの動きと両方を見守っているうちに、足下の甲板がぐうっと傾き出した。船が向きを変え、波を蹴立てて速度を上げ始めている。

（これが、本当に）

マクシムは、強まる風に眼《め》を細めた。

（最後のチャンスだ……）

この海域でシャチの捕獲作戦を展開出来るのは、短い夏の間だけだ。八月も終わろうとしているカムチャツカの海には、既に剣呑《けんのん》な白波が立ち始めている。


シャチは――真実に特別な動物だ。商事会社の下請けとして小さな水産会社を営み、多くの海洋生物を相手に長く暮らしてきたマクシムには、この船に乗る誰よりもそのことがわかっていた。

〈海の王者〉と言われている。学名、〈冥界からの魔物《オルシナス・オルカ》〉。成熟した雄《ブル》は最大体長約十メートルにも達し、雌でも六メートルを超えることがある。海の生態系の頂点に君臨する彼らに、自然界における天敵は事実上存在しない。

普段は緩やかな動きで海面を移動しているが、本気になればその泳ぐ速度は時速七十キロに達すると言われ、海洋哺乳類の中では最速に属する。全速力で去られたら、例えば通常の漁船に乗った人間が追いかけ切れるものではない。

知能が高く、ポッドと呼ばれる群れで常に高度な協調行動を見せる。母系家族が基本となる群れのリーダーは、当然、母である雌だ。彼女らは周辺海域の地理を知り尽くしている。群れを安全に導くことに気を配り、しばしば海上に伸び上がっては周囲の状況を窺《うかが》い、狩りともなれば指示を飛ばして獲物を囲い込む練達の指揮官となる。また一方では、辛抱強く仔シャチたちにポッド独自の方言や狩猟方法を教えたりもする。一族の文化や知恵を継承して次代に伝えてゆくのは、人間と同じほどの長寿を保つこともある雌ならではの重要な使命なのだ。シャチは雌雄ともに生涯を肉親と共に過ごす唯一の哺乳類だとも言われている。

そして——

マクシムに課せられた責務は、その賢明なリーダーと緊密なポッドから、「生きたまま仔を奪うこと」なのだった。巨大な成獣では、遠距離の輸送もその後の飼育もとうてい不可能だ。ターゲットは必ず仔に限られる。

ここまでの一ヶ月半、どのポッドにも至近距離まで近付けなかった。天候にも恵まれず、異様に海が荒れる夏だった。船員ごと船を借り出した日数、そして彼の会社の存続を救う契約の期限までに、残るはあと四日だけ。

＊

ポッドのリーダーである大きな雌は、〈ジムチュージナ号〉の存在にもちろん気付いている。しかしポッドによっては漁船が漁を行う時にそのおこぼれを狙い、自分たちの方から接近してきたりすることもある。人間の船を必ずしも危険なものだとは思っていないのだろう。

だが、マクシムがイメージした理想のポイントまで船が到達する前に、ポッドの隊形がやや変化した。仔シャチが一頭ついてきていないことに気付いたらしい。群れがばらけ、おそらく母親だろう雌のシャチが、今来たばかりの方向へ戻り始めている。それに続くように、もう一つ小さな背びれも向きを変えるのをマクシムは見た。

「イヴァン、ちょっと早いが、ゴーだ。親に気付かれた」無線で告げた。

『了解』

「ターゲットの仔の側《がわ》にはこれ以上寄るな。もっと浅瀬から離れさせないと、結局囲み切れない。俺が指示するまで、スキフは舵角《だかく》左五度維持。風も逆風だ、網が煽《あお》られて浅瀬方向に引きずられる。気を付けろ」

『わかった』

今回の捕獲作戦で、マクシムは一種のまき網方式を採っていた。網で標的を囲い込み、底を絞ってゆくスタイルである。個体を確保してから、クレーンで海面へ下ろした担架に載せ、吊《つ》り上げて船内の生簀《いけす》へと運び下ろすのだ。

だが、この辺りは船にとって危険な浅瀬にただ近いというだけでなく、付近に巨岩が林立しているために潮の流れが複雑に入り組んでいる。海面のすぐ下には鋭い凶器のような岩も潜む。本船とスキフが呼吸を合わせ、海中で不規則に煽られる網をコントロールしながら、歪《いびつ》な包囲網を仔シャチの周囲に作り上げていくというマクシムの今の狙いは、むろん簡単な作戦とは言えない。操舵室では先ほどから、船長自身が舵《かじ》を握っている。

イヴァンと船員の一人を乗せて、スキフが網の一端を引きつつ動き出した。鈍色《にびいろ》の海は不機嫌さを示す白波を生み続けており、それを横腹に受けるスキフの艇体がローリングしている。

マクシムは、遠ざかるイヴァンのもじゃもじゃの巻毛頭から、再びシャチたちの動きへと注意を戻した。

母親の呼ぶ声が海中で聞こえたのだろうか、仔シャチが、尾びれをはためかすのを止《や》めている。仲間が誰も近くにいないことにやっと気付いたらしい。とまどったようにうろうろしたが、それでも方角を間違えることなく、急いで浅瀬を離れ始めた。

マクシムは胸の中でカウントを続けた。網を繰り出しつつ、〈ジムチュージナ号〉は微速まで速度を落とし、タイミングを待っている。広がりつつある網の方へ仔シャチの側からもっと接近してくれない限り、こちらは決定打となるはずの舵を切れない。

誰も、一言も発しない。船はその隅々まで、息をも殺した緊張感に押し包まれている。

「用意」

マクシムは無線に声を入れた。

「カウント・ダウンで、本船とスキフ、全速前進。網の口を一気に締めに行くぞ。五……四……三……」

仔シャチの背びれが波間をぴょこぴょこ横切っていく。網に接近しつつあるが、その存在にはまだ感づいていないようだ。マクシムが発注した単繊維のナイロン網は糸が非常に細いので、シャチやイルカの精密なソナーでも探知は難しい。

「二……一……、ゴー」

既に十分に本船を離れたスキフが、マクシムの視界の中でたちまち水煙を蹴立て出した。

〈ジムチュージナ号〉も、乱れる海面で加速を開始した。その間も右へ左へ微妙に舵を切りわけ、網を捌《さば》き続ける。

『マックス』

無線から船長の声。

『浅瀬を回避する。浅水影響で速度が落ちる』

「了解。本船、出来れば取舵十五で頼む」

彼方では、ポッドが危険にはっきりと気付いた。波を切っていた母シャチの速度が上がり、別の個体も二頭、集団を離れた。リーダーである年配の雌、そしてその息子に違いない大きな雄だ。

（……速い）

姿はほとんど海中に没しているが、時折ちらちら閃《ひらめ》く彼らの背びれのスピードは、まるで荒野で獲物をロック・オンした狼《おおかみ》たちの全力疾走を見るかのようだった。

（いかん）

網の製作には万全を期したつもりだ。だがあの巨体にもし同時に突っ込んで来られたら、絶対に破れないという保証はどこにもない。第一、この波の中でシャチの成獣たちに下手に網を引きずられては、〈ジムチュージナ号〉はともかく、スキフの方が転覆しかねない。

「イヴァン、ニコライにパイプを叩かせろ！」

『えっ？　なに？』エンジンや波の音でよく聞こえないらしい。

「ハンマーで、パイプを、叩かせろ！　成獣が三頭来る、引きずり倒されるぞ！　音でそっちの網から遠ざけろ！」

通じたようだ。スキフの艇上で慌ただしく動きがあり、やがてカン、カン、と鋭い金属音が海上を伝わってきた。耳障りな騒音に、急接近していた成獣たちは明らかに怯《ひる》んだ。散開し、それぞれの背びれがいったん遠ざかりつつ海中に没する。

その間にも網はぐいぐい円弧を作り上げつつある。浅瀬のぎりぎり手前、そしてこの波風の中で、〈ジムチュージナ号〉にとってもスキフにとっても強引な力業だ。

仔シャチは既に、すっかりうろたえている。だが、突然決心したように方向を変えたかと思うと、再び浅瀬の方へとまっしぐらに戻り始めた。

網がまだ、締まり切っていない。このままでは隙間から岩場に逃げ込まれる。

「イヴァン！」

『今行く！』

スキフは既に舵を戻し、直進に入っている。波間を突っ切って、水飛沫を散らしながらスピードを上げている。イヴァンが船員のニコライと一緒になってステアリングにしがみつき、艇の姿勢を維持しているのが見えた。

「本船、面舵！」

マクシムは怒鳴った。

「いっぱいにだ、いけるから早く！」

緊急時、船乗りの反応は速い。すぐさま船のあちこちで同じく怒鳴り声が交錯した。

網を引きずった状態での急激な操船は、船本来の姿勢回復力を減ずるために大傾斜を生む。そのまま転覆することさえある危険な動きだ。しかし今海中に送り出している分の網重量ならこの船は耐えられると、マクシムは踏んでいた。網は重い魚群を呑《の》んでいるわけではない。

〈ジムチュージナ号〉は果敢に急旋回に入った。船長の判断もマクシムと同じだったらしい。甲板が更に傾《かし》ぎ、マクシムは手すりを強く摑《つか》んだ。船腹に波が大きくぶつかり、甲板に飛沫が降り注ぐ。中空のブームで風が叫び、乱れる雲間から落ちる陽光が目まぐるしく切り替わる。船の唐突な方向転換で網の角度が一気に変わり、浅瀬に向かって吹く風の起こす波が、それをバルーンのように海中でどうっと膨らませた。

仔シャチがそこへまっすぐ飛び込んできた。

スキフが斜めに疾《はし》る。

網が完全に締まった。

締め切る前に、本船とスキフは機関停止に入っている。船は急停止が出来ないからだ。停《と》まりつつあるスキフの上で、イヴァンが叫んだ。何度も何度も、ステアリングを両手で叩いている。

「……やった！」

「やった、やったー！　マックス！　やったー！」

水中をすっ飛んできたシャチたちが、激しく鳴き叫びながら網の前で右往左往し始めた。

網の中の仔シャチは、すくみ上がったようにほとんど動かない。母らの方へ行きたいのだが、周囲をよくわからない何かに囲まれているのを感じていて、怖くて近付けないのだ。

その時だった。

成獣たちを必死に追ってきていた別の仔シャチが、ふいに大きく潜ったかと思うと突然ぴょんと海上に躍り上がった。無我夢中のでたらめな体勢で落ちかかり、網の縁にぶつかって、囚《とら》われの仔シャチのすぐ近くの海面に落下した。

再び手すりを摑み、マクシムは愕然《がくぜん》とした。

船長のウラジーミルが、操舵室を出てきた。船員たちの歓声の湧く甲板を大股にやって来ると、マクシムの隣から海面を覗く。ふしくれだった手で彼の肩を叩いた。

「二頭も一度に獲《と》れたか。最後の最後で特大のラッキーだったな、マックス」

「二頭なんか要らん、片方は放す」

マクシムが吐き捨てる。

「……なんだって？」

「すぐ担架の用意だ、船長。網の中には俺が入る。生簀に注水を頼む」

ポッドは既に、一キロほど遠くへ避難していた。波間に一列に背びれを並べ、こちらを見ている。

やがて――リーダーが傍らから促したのだろう。網に体を押し当てんばかりにしていた母シャチも、とうとう諦めた。成獣たちは向きを変えた。後方を雄シャチが守りつつ、仲間たちの待つ方へと静かに泳ぎ去った。

途中で一度だけ、雄シャチが再び船の方を向いた。頭部が水面に出ている。白波の中に黒々と立つその背びれを見つめながら、マクシムは相手の凝視をはっきりと顔に感じた。

怒り。

背びれが震えを帯びて見えるほどの激怒だ。

（当然だ。俺があいつなら、もう船を……スキフを襲ってる）マクシムは思った。

野生のシャチは、クジラやサメを食らうポッドでさえも、人間を獲物として襲うことはない。その理由は神にしかわからない。だが、シャチたちが復讐《ふくしゅう》を決意した時、海で悲劇が起きたという例は過去にある。

仔シャチたちは、波間に寄り添って浮かんだまま、絶対の存在だった保護者ら――偉大な祖母、優しい母、強大なるおじ――が遠ざかっていく方角を、じっと向いていた。

＊

ゴムボートが甲板で膨らまされ、狭まった網の中の海面へと下ろされていく。

忙しくウェットスーツに着替え、マクシムは二人の船員と共にそのボートに下りた。そのまま冷たい海水に入る。

仔シャチたちは、まったく抵抗する様子を見せなかった。シャチはもちろん恐るべき猛獣には違いないが、いったん網に入ればなぜか暴れることは少ないと、マクシムもわかっている。潜り、全身を一通り確認した。生殖裂を一瞥《いちべつ》すると、最初に捕らえたのは雄で、後から飛び込んできたのが雌のようだ。シャチは妊娠期間が一年半ほどと長いので、いわゆる年子を産まない。体の大きさから推してほぼ同年生まれらしいから、この二頭はきょうだいではなく、いとこ同士の関係なのだろう。

(どちらを残すか……)

体を寄せ合うようにして怯《おび》えている幼い仔たちの周りを泳ぎながら、マクシムは暗澹《あんたん》たる気持ちになった。

(最初に捕らえた方だ)

心を決め、クレーンで下ろされた金属枠付きの担架に、少年のシャチを保定する作業にかかる。

事前の入念な工夫の甲斐《かい》あって、担架はシャチの体にぴったりと合った。二つの穴に両の胸びれがそれぞれうまく嵌《はま》り込む。仔シャチたちは互いに鳴き交わしていたが、マクシムにはそれは体の痛みの訴えではないように思われた。

「いい子だ」

担架を一周し、ワイヤーの留具などを確認しながら、マクシムは何度も話しかけた。

「宙吊りは嫌だろうが、少しの間だけだからな。辛抱してくれ」

頭部横の鮮やかな白いアイパッチ、そのすぐ前にあるシャチの目が、彼の動きを見ている。濡《ぬ》れ輝くその漆黒の背中に触れながら、マクシムは一瞬、どこか痛みさえも帯びたような感動で胸を詰まらせた。

何と美しい子だろう！　肉付きはみっちりと健康的で、体長はほぼ四メートル半。まだ未成熟なその背びれ――途中に浅い窪《くぼ》みがあるのが、きっと生涯、彼だけのしるし――おとなになったシャチの背びれは、雌雄ではっきりと見た目が異なる。イルカのそれと同様に優しいカーブを描く雌の背びれに対し、二メートルにも聳《そび》え立つ鉄《くろがね》のような雄の背びれは、疾駆する騎馬が掲げる黒の軍旗の如《ごと》く勇壮な迫力を孕《はら》む。かつてはその背びれが、獲物を切り裂く凶器になると信じられていたほどなのだ。これほど幼いのに、腕を回すと、やがてその体軀《たいく》に芽吹くはずの王者のパワー、その予兆が、運命の鼓動のように全身に伝わってきて、マクシムの心までをも激しく震わせた。

（この世で、最高の動物だ）

マクシムは一瞬、仔シャチの背に頰を押し付けた。

（このまま海で育てば、おまえもきっとあの、おじ貴みたいになれたろうに……）

笛の鳴り響く中を、慎重に担架が吊り上げられた。シャチは宙にいる間に何度かそれまでと違う鳴き声を出したが、身動きはほとんどしなかった。

風がさらに強くなってきていたものの、クレーンを操作し、担架の枠から四方に伸びたロープでそのバランスを調整する船員たちは、さすがの腕前を見せた。担架は大きく揺れ動くこともなくハッチウェイを抜け、海水が注入された生簀の中へと下ろされていった。

「マックス。もう一頭の仔が網から出ない」

シャチと一緒に生簀に入ったマクシムに、イヴァンが上から呼びかけた。

「怪我《けが》をさせないように、早く追い出せ。ポッドに置いていかれたら迷子になる」

「何人かでやってるけど、出ていかないんだよ。これじゃあ、網も引き揚げられない」

「もう、一緒に連れてったらどうだ、マックス」船長がイヴァンの隣から言う。「この生簀なら、ちっと狭くとも二頭くらい何とか入るだろう」

「あのポッドから、一度に二頭も仔を奪ったりはせん」冷たい水中から、マクシムは怒った。

「だが、ご当人たちが一緒にいたがってるんだろう？　それにもうじき陽《ひ》が落ちる。何でもいいが、とにかく早いとこ、網を全部巻き揚げさせてくれ。遅れると、今度は人間様の方の事故の元だ」

＊

大型生簀の設置された小さな湾に到着したのは、それから四時間後だった。二頭の仔シャチを無事に生簀の中に下ろし終わった頃には既に深夜となっており、気温は摂氏三度まで落ちていた。

「姉さんに電話していい？」

生簀の管理員らと忙しく打ち合わせをしているマクシムの肩を叩いて、イヴァンが訊《き》いた。

「どんな状況になってるか心配してるよ、きっと。この時間なら、もうサーシャの病院から戻っているだろうし」

サーシャは、マクシムが四十八歳の時に生まれた一人娘だ。今年で五歳になるが、その五年間は家よりも病院で過ごした時間の方が長い。

マクシムは頷《うなず》いたが、二分後にまたその義弟から肩をつつかれた。

「姉さんが、どうしても話したいって。マックスは今忙しいって言ったんだけど」

携帯電話を受け取り、それを耳に当てながら、マクシムは人気《ひとけ》のない方へと歩き出した。

『マックス？』

「ヴィーカ。イヴァンに起こされたか？」

『いいえ、まだ起きていたから。大変だったわね。でも、無事に戻ってくれて、本当にうれしい』

「俺はいつだって無事だよ。サーシャは？」

『大丈夫よ。でも、パパに会いたがっている。マックス、とうとうやり遂げたのね』

「運がよかった」

『でも、あなた、あまり喜んでいないみたい』

「そんなことはないさ。人生二度目の大ホームランだ」マクシムは笑ってみせた。

一度目は、若く美しい君がこんな年寄りのプロポーズを受け入れてくれた時だ。

『マックス。あなたが今どんな気持ちでいるのか、わかるわ。あなたは、シャチという動物をずっと敬ってきたのよね。子どもの頃からずっと。きっと、あなたの中を流れるアリュート族の末裔《まつえい》の血がそうさせるのね。でも、自分を責めないで。あなたはサーシャのためにこの仕事を引き受けたのよ。私たちの、大事なサーシャのために』

あの、素晴らしい――野生の力に満ちた、荘厳なほど美しい家族から、自分は子どもらを奪ってきたのだ。二頭とも。だがそのことを、マクシムは、この年若い妻、愛情深い母親である彼女に、口に出して言うことが出来なかった。

『あなたがやり遂げてくれたおかげで、サーシャは治療が続けられる』

ヴィーカが言った。

『あの子はまだ生きられるのよ、マックス』


「ボリス！」

商事会社の男が建物の方へと歩いていくのを見つけて、マクシムは大声で呼び、明るい朝の埠頭《ふとう》を走っていった。

「マックス！　お帰り！　遂《つい》にやったたな、おめでとう」

太鼓腹の大男は、足を止めて破顔した。追いついてきたマクシムの肩を何度も叩く。

「大した逆転劇じゃないか。今年のこのクソみたいな天気の夏に、しかも二頭とは。これであんたもどうやら一息つけるってわけだな、え？」

「あの二頭は、どっちもナホトカ行きだな？」

「ああ、たぶんな。そうなるだろう」

「一頭の契約だったが、二頭とも輸送はうちにやらせてくれ」

「そりゃ、構わんが……。同時じゃないなら雄を先に頼むよ。あっちじゃ、もう輸出先を確定してるらしい。元々、先方の希望は雄だったみたいなんだ」

「中国か」

「ここだけの話だが、そこからワンタッチでスペイン行きという噂《うわさ》もある」

「二頭一緒に引き取ってくれると思うか？　雌の方は後を追って自分から飛び込んできた。網を飛び越えるシャチなんて、あんた、これまで見たことあるか？　あの子たちはそれだけ仲がいいんだ。引き離したくはない」

「さあ、どうかな。あんただってわかってるだろう、マックス。シャチを持ってる水族館てのは、どこも新しい血が欲しい。バラ売りの方が、どうしたって儲《もう》かるしな」

ボリスが曖昧に首を振る。

研究や教育目的でという建前はあるが、野生のシャチの捕獲が認められている国は、世界でももはやロシア以外になくなりつつある。そして繁殖への挑戦を考える時、新個体の入手については世界中の関係者が無関心ではいられない。水族館などが保有するシャチの数は世界でも数十頭に過ぎず、その血統管理には十分な配慮を要する。近親交配になってしまうような繁殖は倫理的にも当然許されるものではないからだ。そして一方、元々異なる海の出身であるシャチ同士から人工的に誕生させられる仔は、本来存在し得ないハイブリッド型となるために、自然界にリリースすることも一生出来ない。遺伝学と個体群統計学に基づいた繁殖計画には様々な困難が伴い、容易には話が進まない。

マクシムは、荒い潮風が深い皺《しわ》を刻んだ顔を曇らせた。

「漁業局の担当者に、貸しがある」

その表情を見守りながら、ボリスが言った。

「まあ、なるべく動きを訊いてみてやるよ」


ボリスからその電話が入ったのは、それから一週間後だった。

『スペインの線は完全に消えたよ。仲介の商社が、関係機関の調整に失敗したらしい。話が全部ひっくり返った』

マクシムは、一時退院している娘を妻の方へ抱き渡した。ソファから立ち上がり、寝室に移動してドアを閉める。

「じゃあ、あの雄はどうなる」

『わからん。権利自体は既にスペイン側にある。うかうかしてる間にシャチが死にでもしたら、元も子もない。すぐにどこかと交渉に入るだろう。即金で払えるほどの予算があって、シャチの飼育技術を既に持ってるところだ』

シャチの飼育は水族館における海獣飼育の中でも究極のものだ。イルカよりもさらに大型のプール、そして高い技術を必要とし、日々与える餌からしてもちろん大量になる。担当飼育員にも、心身ともに「このシャチのために生きる」というほどの強い覚悟が求められる、一大事業だ。

「………」

『マックス』

ボリスが、穏やかな口調になった。

『悪いこたぁ言わん。もう、あのシャチのことは忘れろよ。あんたが昔からシャチをお気に入りなのは知っているし、心配なのもわかる。だが、これはあくまでビジネスなんだ。しかも、どえらい金が動くビジネスだ。引き渡した瞬間から、あんたにはもう関係のない話になってるんだよ』

第2章

そこには、海が無かった。

まるで、引き潮の浅瀬にできた小さな、そして危険な、潮だまりのようだった。

そればかりではない。

深い呼吸のたびに見上げていた空も、いつだって背びれに感じていた涼しい風も、そこには無かった。

＊

狭い〈たまり水〉の中には、カイとエルよりも先に、二頭の若い雌のシャチが入れられていた。もちろん、同じ一族ではない。
〔あーんたタチ、なにヨ？　こっちへクルナ、アッチいけヨ！〕
大きい方の雌が怒った。

〔どこへ行けって言うのよ！〕
エルもカッとなって叫ぶ。
〔こっち側はこれで行き止まりよ。あんたたちの方がまだ動けるじゃないの〕
〔アッチいけ！　ジャマ！〕
〔ごめんなさい、僕たちが来たせいで、よけいにせまくなって〕
カイは必死に割り込んだ。
〔あの、あなたたちはもしかして、ピーウィさんの一族じゃありませんか？　僕、あなたの言葉に聞きおぼえがあるんだけど……〕
〔ピーウィ、イチバン〕
相手の雌は、突然誇らしげな態度になった。
〔ピーウィ、海でイチバンりっぱ、イチバンの一族〕
〔どこがよ〕
エルがぶつぶつ言う。
〔一番立派なのはうちのクエルおばあちゃんに決まってるじゃない。ふん、なぁんだか下品な喋《しゃべ》り方しちゃってさ……〕
〔しっ〕
カイは尾びれをバタバタさせ、急いでエルの声をかき消した。

〔あのう、僕たち、前に〈しゅうかい〉で会ったことがありませんか？　ピーウィさんのこと、遠くからだけど、見かけましたよ〕

シャチは、普段はそれぞれの家族だけで暮らしているのだが、時折いくつかの家族が集まって〈しゅうかい〉をし、しばらく一緒に過ごすことがある。カイの母さんは、それで父さんと知り合った。カイをおなかに授かると、母さんはまた、自分の母さんであるクエルおばあちゃんのところへ戻ったという。

〈しゅうかい〉に連れていってもらった時、カイは初めて自分の父さんに会うことが出来た。すごく大きくて、強そうで、ぐうんと高く伸びた背びれには途中に切れたような傷跡があり、それは昔、まだずいぶん若い頃に、とても大きなサメと戦った時についたものだという噂だった。もちろん父さんが、一対一の戦いに勝ったのだ。まだほとんど赤ん坊のようだったカイは、その雄々しい姿に、ただうっとりと見惚《みと》れるばかりだった。

父さんも、母さんやカイに会えて嬉《うれ》しそうだった。

（とても元気そうだ。それに、賢そうな子だな）

（ええ、カイは、まだこんなに小さいけれど、とっても頭がよくて、もの覚えも早いの。クエル母さんだって、「こんな子どもは、まったく見るのも初めてだよ」って、よく言うの。だからきっと、この子はあなたに似たのね……）

〔ピーウィ？　見た？〕

カイに言い出され、大きい方の雌は戸惑った。

〔あーんた、アタシたち、会った？〕

〔うん、たぶん……。ねえ、そしたら僕たち、じつはもう前から知り合いだったかもしれないですね。僕はカイ、この子は従姉《いとこ》で、エルっていうんです。あなたは？〕

〔アタシはクヘ、あの子は妹のキヘ〕

〔うわ、ダサい名前……〕

エルがまた、後ろで小さく呟いている。

〔……ナニ？〕

クヘが再び、背びれを揺らした。

〔あいつ、マタなにかいった！〕

〔わあ、待って！〕

雌たちの大喧嘩《おおげんか》が始まりかけたその時、クヘとキヘが何かを聞きつけ、突然別方向へ身を翻した。〈たまり水〉の端へといそいそと寄っていく。

二人の人間が何かを運んできた。その中から魚を摑み出し、クヘとキヘの方へと次々に放り始める。

カイの目の前にも、何匹か飛んできた。死んだサバのようだ。カイはそれを一匹咥《くわ》え、人間の姿を見るなりすぐに反対側に逃げていたエルの側へと寄っていった。

〔エル。ほら、魚だよ〕
〔ほしくない〕
〔でも、食べないと……ねえ、体が弱っちゃうよ〕
〔とっくに死んでたやつじゃないの、それ……。でも、カイは食べられるんなら、あたしに構わないで、それ食べていいよ。もともと、あんたの方がたくさん食べなきゃいけないんだから〕
カイとエルが餌を貰《もら》いに自分から寄って来ないのを見て、人間の一人が何か大きな声で言いながら、〈たまり水〉の縁を回ってきた。
エルが再び、さっと逃げた。だが、狭い水中にはほとんど行き場所などない。餌を貰っているところへ近付かれ、クヘが怒りを露《あら》わにした。エルを勢いよく尾びれで叩く。
他のシャチからそんなことをされた経験がないエルは驚き、怯んで逃げた。しかしどちら側に行っても、こわい人間たちが何か気味のわるい声を出しながら、彼女を見下ろしている。
エルは〈たまり水〉の中央に呆然《ぼうぜん》と浮かんだまま、震え出した。そして、しくしく泣き始めた。
〔やだ……、こんなとこ、あたし、いや！　母さん……！　おばあちゃん！　おじさあん！　たすけて……たすけにきてよう！　あたしたちをおいていかないでえ！〕

〔エル！〕
カイが急いでエルに泳ぎ寄る。体を寄せ、顔をくっつけた。
〔泣かないで。ぜんぶ僕のせいだ。ごめんね、エル、本当にごめん……！〕

＊

〔空は、どこへ行っちゃったのかしら？〕
エルが、ぼんやりと呟く。
シャチたちのいるこの〈たまり水〉は、何やら灰色がかった奇妙なものですっぽり覆われているらしかった。たぶん覆われているんだ、と少なくともカイは思っていた。しかし、海も空も存在しない場所などというものを、エルはもちろん、カイもまた、想像してみたことさえ一度もなかった。
狭い水中と、その上に在る閉じられた空間には、クへとキへの退屈しのぎの鳴き声がワンワンと満ちている。
〔ねえ、エル〕
カイはひれで彼女をちょっとつつき、〈たまり水〉の端の網と格子の方へと誘った。
〔ここの外に、イルカたちがいるよ。近くで喋っているの、君も聞こえるでしょ？　あっちには、空は残っているみたい。さっきから、今日はまぶしいって話をしてるもん。だから、全然なくなっちゃったわけじゃないと思うよ、ね？〕
〔あっちには、海もあるの？〕
〔イルカたち、せまい、って怒ってる〕
〔えっ。じゃあ、海はやっぱり、なくなっちゃったってこと？　ぜんぶ？〕
エルは、おそろしい衝撃を受けたようだ。カイは急いで、口先で相手の顔をやさしく撫《な》でて慰めようとした。エルの体には、痛そうな生傷が既にいくつもついている。クヘやキヘが、彼女のことを気に入らず、しょっちゅう喧嘩をしかけてくるからだ。姉妹のシャチはエルやカイより年上で、体も少し大きい。間に割り込んでやめさせようとしたカイは、人間に棒で上からゴツンとつつかれた。一緒に喧嘩をしていると思われたのかもしれない。
〔海がなくなったら、あたしたち、どうなるの？　あたしの母さんは？　おばさんや、おばあちゃんたちは、どこへ行ったの？〕
〔海は、まだきっとあるよ。ここから見えないだけだよ、エル……ほら、ここにも、うんと弱いけど、波が伝わってくるでしょ〕
〔あたし、わからない。あんたは、感じる……？〕
エルは疲れ切っている。

死んだ魚も我慢して少しずつ口にするようになってはいたが、エルはほんの数日ですっかり痩せ細り、家族といた頃のぴちぴち張り詰めた体からは想像も出来ない、まるで棒のような体つきになってきていた。あまり痩せてしまうと、体を浮かべておくのが難しくなる。楽に浮かび上がれないということは、水面での呼吸がしにくくなるということだ。カイもエルも、もっと小さい頃は細かったので、しょっちゅう体が沈んでしまっていた。そのまま溺れないよう、母さんたちによく下から押し上げてもらっていたものだ。

〔僕、また、お話をしようか？〕

カイは何とかエルを励まそうと、必死に考えて言った。

〔あっちのイルカたちが、イルカの言葉で、〈なぞのアザラシ〉のお話をしていたよ。すごく、おもしろかったよ。ね？〕

〔……オハナシ？〕

反対側で妹とお喋りをしていたクヘが、耳ざとく聞きつけて、こちらを向いた。

〔カイ、あーんた、オハナシする、マタ？〕

〔マタ、オハナシ！　オハナシ、キへ、すき！〕妹のキヘもやって来た。

〔じゃあ、僕、みんなに話すね。エルも、そこで聞いてて……〕

カイは、三頭の雌たちを前に、いくらかいなせな、イルカっぽい声を真似て話し始めた。
〔オレさまは、シロイルカのブーンだ。この辺じゃいちばんの、歌うたいで、しらないものはいねえ。オレさまがちょっとハミングするだけで、そこいらじゅうの女たちが、くるりと一回転、思わず海藻をあたまにのっけて、キャアキャアさわぐくらいの色男さ〕
クヘとキヘも、キャアキャアと笑った。エルもカイの顔をじっと見つめ、聴き入っている。
〔あるとき、そのオレさまが、たったひとりで——〕
その時、ただならぬ足音が複数聞こえてきた。ふだんよりずっと多い人間たちが、〈たまり水〉の周りでやかましく喋り交わしている。
まだ、いつもの餌の時間ではない。四頭の仔シャチはうろたえ、水の中をほとんどぶつかりそうになりながら右往左往し始めた。
〔わっ〕
目の前の水面に突然何か大きなものが投げ込まれ、カイはびっくりしてそれを避《よ》けた。
〔……カイ！　カイ、だいじょうぶ!?〕エルが飛沫の向こう側で叫んでいる。
〔だいじょうぶ。僕、こっちにいるよ、エル！〕
差し込まれた棒が水をかき回し、カイはそこから逃げようとして反対側を向いた。

その時、何かが、急に体を取り囲んだ。

……えっ。

〔カイ！〕

エルの悲鳴、ほとんど絶叫するような声が聞こえた。

〔やめて！　ねえ、なにすんの！　その子にさわらないでよ！　カイ！　カイ――！〕

第3章

照明も薄暗い、トンネルのように長い通路に、二人の靴音だけが響いている。

「ロシア海域で生まれ育った、若くて健康な雄！」

イーサンは感心半分、呆れ半分の様子だった。ひょろりとした長身の、少年のように痩せた体に白衣を引っかけ、眼鏡をハンカチで拭きながら歩いている。

「まさか本当に許可されてやって来るとはねぇ。最初に話を聞いた時は、正直、実現しないだろうと思ってたよ」

「ロシアや中国にしても、よりによってこんなところへシャチを転売されるとは、夢にも思わなかったでしょうね」

彼の隣を歩きながら、アンバーが言う。

「その通り。そして、永久に真実を知らないまま終わる」

扉のロックをカードで解除し、イーサンはそれを開いた。

アンバーはその彼に続き、コンクリート造りの古いプール室へと足を踏み入れた。

生々しい潮の匂いがたちまち鼻腔《びこう》になだれ込み、湿った冷たい空気が肺を満たしてゆく。

二人はプールを半円に囲むデッキの方へと歩いていった。空間の各所でワイヤーが交錯し、循環濾過《ろか》装置や熱交換器、海水電解装置などを結ぶ大小のパイプが壁や床に沿って縦横無尽に走っている。

「アンバー」

低いステップを二段ほど上がり、イーサンが呼ぶ。

「ほら――アンバー、もう少しこっちへ来て、見てごらん。あんなにも強く美しい動物が、この世に他にいると思うかい？　しかも彼らはとっても賢いんだぜ」

「この私を前にして、『他にいるか』と訊くわけ？」

おっと、という表情でイーサンは再び振り向き、近付く彼女の締まった腰へと腕を伸ばしかけた。監視カメラの方へちらと横目をやって動きを止め、悪戯《いたずら》っぽくウィンクするに留《とど》める。

「もちろん、君は別にしてさ。我が美しきロス大尉」

「よろしい」

蜂蜜色の肌、長い黒髪のアンバーは鷹揚《おうよう》に頷き、彼と並んで自分もプールの方を見やった。

海軍情報局のアンバー・ロスが、この研究所の主任研究員であるイーサンの恋人だということは、所内で既に周知のことではある。快活で気さくなアンバーは警備員たちにも人気で、建物への出入りもほとんどフリー・パスの状態となっているが、それでも彼らにカメラ越しにあれこれ見物されるのは、イーサンとしてもその立場上、ちょっと遠慮したいところだ。

「お友達を入れたのね。イルカ？」

蒼《あお》く輝く水面では、大小の背びれが並んでゆっくりと周回している。

「カマイルカ。ここのわりと近くで怪我をして保護されていたのがいてさ。尾びれが欠損しちゃって、保護団体と軍病院のサポートで人工ひれは着けられたけど、もう自然には戻せないんだ。低めの海水温でも大丈夫だから、あのシャチと同じプールで暮らせるし、一応試してみようかと」

シャチを単体で保有する水族館では、「友達」としてイルカなどを同じ水槽に住まわせることがある。

「軍病院？」

アンバーは訊きかけたが、すぐ頷いた。

「ああ、義肢装具の技術を提供したわけね」

「そういうこと」

「でも、子どもの頃に水族館で見てから思っていたことだけど、そもそもイルカを一緒に住まわせて、よくシャチに食べられてしまわないわね。他の鯨類にとっては、シャチは〈恐怖の大魔王〉なんでしょ？　シャチのポッドを目撃すると捕鯨関係の漁師はしばらく不漁を覚悟したものだと、巡洋艦勤務だった頃の父から聞いたわ。クジラたちが皆逃げてしまうからって」

「まあね。シャチに聞こえる百キロヘルツ以下の音波を出さないように進化したらしいイルカもいるくらいだから。だけどあのシャチは、魚しか食べないポッドに属していた。体もまだそれほど大きくない。対して、イルカっていうのはなかなかのファイターなんだよ。バンドウイルカなんかだと、ホホジロザメさえ体当たりで殺すことがある。あのカマイルカも、最初はそりゃあシャチなんか見せられてたまげただろうけど、わりとすぐに『こいつは怖くない』って思ってくれたみたいでね」

「あなた、本当に、このシャチにたった二ヶ月で例のプランを学習させられると思う？」

黒々と濡れ光る背びれの移動を目で追いながら、アンバーはやや声を落とした。

「海軍がずっとイルカやアシカに海中のテロリスト排除や機雷探索の訓練をしてきたことは、もちろん知っているわ。実際にイルカたちが成果を上げていることも。でも、今回の計画はそれとはだいぶ異質なものでしょう」

驚くべきことに、二十一世紀の今となっても、人間はいまだにイルカの水中移動速度や反響定位《エコロケーション》能力を超える無人機を開発出来ていない。

海軍の「海洋哺乳類プログラム」は前世紀、冷戦時代に始まった。当初の目的はイルカを生体力学的観点から研究し、魚雷などの開発に役立てるというものだった。だが関係者らはその過程で、むしろ知能の高い海獣たち自身を調教した方が話が早いのでは、と考え出した。

実際、例えば船舶の往来が多い海域では、船に波がぶつかって雑音が多く発生するために、機械ではそれら複数の異なる信号に対処しきれなくなることがあるが、イルカはそれを聞き分けられる。ゴンドウクジラやシャチは、ツールを携えて数百メートルの深度にまで潜り、指示された形状の物体を探索し、それに特定の器具をセットして戻るといった複雑な任務をも実行可能であることを証明している。

人間でも、飽和潜水士なら深度三百メートル程度まで、潜水艇なら更に深海での作業が可能だが、それはあくまで穏やかな海況やその他の自然条件に恵まれた場合に限られる。潜水艇をクレーンで下ろして潜航させるためには、まず海面に浮かぶ母船自体が安定していなければならない。作業に当たるのは生身の人間たちだから、ひとたび事故が起きれば死傷者の発生に直結する。海上が荒れていても潜ってしまえば大丈夫と思われがちだが、海水の攪拌《かくはん》現象というのは時に凄《すさ》まじく、潜水艇どころか海軍の潜水艦さえも振り回し、投下された錨《アンカー》を引きちぎることがあるほどなのだ。

だがそうとはいえ、機密扱いで突然始められた今回のプロジェクト、このスラットン海洋研究所に既に提供されたらしい多額の資金のことを考えれば、アンバーも年下の恋人の呑気顔に危惧を覚えないわけにいかない。元々イーサンは何に関しても楽天的なきらいがある。と言うよりも、そういうふうに見える。アンバーの所属する米国海軍は国内の各海洋研究機関と様々な形で繋《つな》がりを持っており、彼女も情報局員という立場上、関係アカデミアの赤裸々な懐事情については聞き知ることもある。スラットン海洋研究所は全米でも歴史ある学術機関の一つだが、その長い年月の間にも、金が余って困った時代など一度もないのではないか。担当主任のイーサンには、せめて今回だけでもプレッシャーを感じるふりをしてもらった方が、ここの所長もきっと気が休まろう。

(確かに、憎らしいくらいキュートじゃあるけれど)

彼女の今の職場には、筋肉至上主義の男しかいなかった。だからというわけでもないが、この男のルネサンス絵画の天使のようにふわふわした金髪や細い頸《くび》の喉仏、少し掠《かす》れ気味の甘い声には、いつもぞくぞくさせられる。腹が立つほど。

「引き受けた以上は、やるしかないよ。でも少なくともシャチは元々イルカよりも物覚えが早い。応用力もある。何しろ〈海の王者〉だろ？　種族的に恐怖心てものを持つ必要がないんだと思うよ。だから臆せず、いろんなことにトライ出来る」

並んで水面を見ながら、イーサンは眼鏡をちょっと押し上げた。

「それにさ。実は僕は、この個体には特に期待が持てると思ってるんだ」

「期待？」

「シャチのポッドは、それぞれ独自の方言を持っている。観察調査が行き届いた海域なら、どんな鳴き声を出すかで、どのポッドに属する個体かを識別出来るくらいにね。〈コール〉と呼ばれてる種類の鳴音には、離れたところにいる、同じポッドの仲間を認識し合うという役割もある。だから、シャチのベビーにとって、そうした自分の家族が使う言葉を覚えることはとても重要だ。わかるだろ？　人間と同じさ。覚えるのに数年はかかるけど、覚えさえすれば、先々必要なことはみんなその家族が教えてくれる。その学習意欲が、このシャチの坊やには特に強烈にあるような気がするんだ」

「どうしてそう思うの？」

「彼はここに来てまだ二日だけど、あの同居イルカの鳴き声《ホイッスル》を、それが意味することを、たぶんもう理解していると思う。最初から一所懸命に声を真似しては、自分から話しかけていた。イルカのコミュニケーションには、素早い〈鳴き交わし〉が重要でね、海域によって方言さえあるんだけど、それをどうやら既に使いこなしているんだ。そして、あのイルカの方も、明らかにそのやり取りを楽しんでいる」

アンバーは、まじまじと相手の顔を見ている。

「シャチとイルカが、言語でコミュニケーションを取っているということ？」

「まあね。もっとも、シャチの方がイルカの音声を模倣してコミュニケーションを取ったりするのは、もう知られてることなんだよ」

「そうなの？　そもそも私には、どちらの鳴き声も、キュウ、としか聞こえないけれど」

イーサンが、ほんの短い、数分の一秒ほどの音を唇で鳴らした。

アンバーが彼を見、微笑した。黒い眉を寄せてみせる。

「今のは、何？」

「プレーリードッグの警戒声の真似。めちゃくちゃ下手だけど。空から鷹《たか》が来るぞ、みんな気を付けろ！　と言ってみたつもり」

イーサンが笑う。

「野生の世界でも、社会性の高い動物のコミュニケーション能力ってのは、ほんとに凄《すご》いものなんだぜ。人間の操る言語体系とはまったく別物だし、人間の可聴域からは外れた音域も使われるし、そもそも言語というよりはパケット通信みたいな、一種の情報小包のやり取りみたいなものと例える人もいるけどね」

「私が思っていた以上に、この世界はおしゃべりで満ちているってことかしら」

「まさにその通り。たとえば君が、愛犬マットと一緒に野原をぶらぶら散歩していたとするね。急な雨に備えて、手には例のお気に入りの傘を持ってさ。その姿をたまたま、近所の穴に住んでるプレーリードッグの見張り君が発見したとしよう。彼はたちまち、『青い服を着た背の高い人間が、犬を連れて、時速四キロくらいでこっちへ向かってくるぞ！　手には長い棒を持ってる、武器かもしれない！』と、仲間たちに叫ぶわけさ」

「……あの小さなプレーリードッグに、そんな語彙力が？」

「まあ、大雑把にイメージするなら。人間だったら、『敵、発見！』とか何とか叫ぶのがせいぜいの間に、彼らはもっと多くの情報を発信出来る。そしてそういう高度な情報処理能力を持つ動物は、もちろんプレーリードッグ以外にもたくさんいる」

　イーサンは再びプールのシャチの方へと目を戻した。

「そして、我々にとってただいまホットなテーマは、あのシャチ、というわけ。彼はまだほんの子どもだ。なのに最初からカマイルカとコミュニケーションがあそこまで取れてるってことは、生まれつきそういう方向に興味があった個体だという可能性が高い。つまり、新しい環境で更にうまく生きていくために、この僕や飼育員の出す音や身振りにも、予想よりも早く興味を示すようになるかもしれない。シャチが本来の言語以外の音声を真似し出すのは、異常な環境に置かれたゆえの異常な行動だと批判されることもあるけど、少なくともこの仔に限っては、それは当てはまらないと僕は思うね。彼は明らかに、自分でやりたくてやっているんだ」

「マルチリンガル派の、お利口シャチ……何だかアニメ映画みたいな話ね」

アンバーは素直に感嘆を露わにした。

「ところで、主人公であるこの子の名前はもう決まったの」

「決まったよ。〈セブン〉。所長が子どもの頃に飼ってた犬の名前だってさ。ちなみに、イルカの方は〈サム〉。セブンの健康観察が済んだら彼らを外の囲いに、そしてセブンの方は、初期訓練が順調に進んだら、なるべく頻繁に湾に放すつもりだ。とにかくどんどん泳いで元気でいてもらわなきゃ。特にここは本来イルカのケア用プールだから、彼には狭すぎるんだよ。あの背びれは一度変形し出したら、もう元には戻らない。外洋で目撃された時にすぐ注意も引いちまうだろうし」

「私が水族館で見た雄シャチの背びれ、そういえば、くるっとカールしていた」

「みんなそうなるんだ。狭いプールじゃ運動量が圧倒的に足りなくなるのも理由の一つには違いないよ。彼らは元来、海洋界最強のアスリートなんだからね。時速七十キロで駆け、車みたいなサイズのトドに食いついて振り回し、六メートルの高さまでジャンプして背面宙返りするようなティラノサウルスやアフリカゾウを、君、想像出来る？　まるでモンスターだろ」

「訓練を受けた知性派T－レックスが脱走して、ここの皆がパニックになる恐怖映画しか浮かばないわ。運動はもちろんさせてあげたいにしても、囲いのないところに出したりして、逃げない？」

「訓練次第かな。そもそも最終ミッションは外洋で行われる。しかも、彼の故郷に近いところだ。最後の最後で逃走しようとしたら、それを止めることは誰にも出来ないよ」

「ミッション成功の自信があるのね」

「なるようにしかならないって話さ」

　イーサンが軽く笑う。

　この男は、たいていのことを面白がるのだ。アンバーが思うに、それがいささか不適切な場合でも。

「訓練そのものに危険はないわけ？」

　アンバーは、水面でゆっくり泳いでいるシャチを見やった。片ひれを持ち上げながら横倒しになり、水の上に片目を出して、こちらを見ている。なぜかふと——その視線は今、イーサンにではなく、この自分の方に向けられているような気がした。

「……たいへん私的な質問だけど、特に、チーム・リーダーであるあなたに」

　このシャチはまだ子どもには違いないが、それでも人間からすれば四メートル半の体は十分巨大である。彼女の華奢《きゃしゃ》なボーイフレンドなど、あの尾っぽの一振りで吹っ飛びそうだ。野生のシャチは人間を襲わないという。だが、飼育下にあるシャチが深刻なストレスを溜《た》め、人に危害を加えたという悲劇はこれまでに数多く起きており、死者も出ている。

「それはない」

イーサンは、のほほんとした顔で答えた。

「この僕を誰だと思ってるの？」

まったくもう――と、アンバーは微《かす》かに舌打ちした。

「本当に苛々《いらいら》させる人ね。早く、監視カメラのない場所へ行きましょう」

＊

天も海も仄光《ほのひか》る銀と薔薇色《ばらいろ》とに浸された、静謐《せいひつ》な朝である。

沖から訪れる波はひたすらにたおやかだ。海鳥たちの鳴き交わす声も夢のように遠く、微かにしか響いて来ない。

イーサンは大型囲い《エンクロージャー》の通路の突端に折り畳みのデッキチェアを置き、そこにだらしなく寝そべったまま、途切れとぎれに口笛を吹いていた。〈ニルヴァーナ〉の『Come As You Are』だ。細く高い音色が気になるのか、セブンがしきりに近くの水面から頭を覗かせている。

湾に設置されたこのエンクロージャーは、かなり広い。九メートル間隔で海底に打ち込んだ支柱に強化ワイヤーのメッシュを二重に張り巡らせた構造で、その水の上を人間用の木製通路が桟橋のように横切ったり、あるいは回廊のように巡ったりしている。動物の屋内移動用水路なども付設されている。全体としては、研究所に元々あった古い大型生簀の設備に、シャチの使用にも耐え得るよう突貫で拡張補強工事が為《な》されたものだ。特に補強が重視されたのは、シャチのパワーを用心したというよりも、むしろ彼らを外海へ逃がそうと考える外部の人間の破壊工作の方を警戒したためだ。単なるネットの囲いでは、夜の間に簡単に切られてしまう可能性がある。

「イーサン！」

口笛の音を運ぶ朝風の中を、ウェットスーツの青年が通路を渡って近付いてきた。右手にコーヒーのホルダーを持ち、左手に魚の入ったバケツを提げている。

「ヘイ、ノア」

イーサンが眠たげに片手を上げて応えた。

ノアはこの研究所で昨年から海洋哺乳類の主任飼育員をしている、イーサンと同年代の男である。ラコタ族の血を濃く引く、人を惹《ひ》きつけずにはいない笑顔の持ち主だ。イーサンほど長身ではないが、しなやかで無駄のない体つきからは、日頃から動物たちと水中で過ごしている、その時間の長さが窺える。

「早起きだね。まさか、ゆうべも泊まったの？」

バケツを下ろし、ホルダーから蓋付きの紙コップを一つ外して相手に渡す。

「キャラメル・マキアート。たまには飲酒以外のカロリー摂取を思い出しなよ」

「酒の悪口を言う奴《やつ》は許さないよ。あの資料室のソファはボロいけど、なかなか寝心地はいい……」

顎が外れそうな大欠伸《おおあくび》をする。

「……けど、毛布は……さすがにそろそろ、洗わないと」

「毛布？　もともと動物医療室にあった、あの古いやつ？　変な病気になるよ」

ノアはチェアの脇に屈《かが》み込んだ。

「これを言うと、ここの皆は笑うだけなんだけどさ。君はちょっとカウンセリングを受けた方がいいレベルのワーカホリックだと思う。やあ、おはよう、セブン。今日もハンサムだね。調子はどう？」

セブンは水面に顔を出し、しばらく何やら考えていた。やがて、キュウ、と小さく鳴く。語尾が上がり気味なのは、このシャチの場合、ポジティヴなニュアンスであることが多い。

「まあまあ、か。よしよし」ノアが笑った。

「ちょうど夜明け頃に来てみたら、何だか妙にソワソワした態度だった。でもどうやら、口笛を聞かせてやると、ソワソワを忘れるらしい」甘いコーヒーを飲みながら、イーサンがまたもや欠伸混じりに言う。

「本当に賢くて可愛《かわい》い子だよねえ」

ノアは完全に相好を崩している。

「シャチのケアも経験はあるけど、こんなに好奇心旺盛で、いろんな相手を受け入れるのが早い子は、見るのも聞くのも初めてだ」

「自然界にいるままだったら、家族はさぞ苦労しただろうな。……ああ、そうだ」

イーサンがふと、視線を沖の方へと転じた。

「ここから、クジラを目視したよ。明け方に」

「クジラ？　へえ……？　マッコウクジラかい？」

「マッコウじゃなかったと思う。潮吹き《ブロウ》の角度がね。たぶんザトウクジラだ」

「北の海峡辺りから下ってきたのかな。この辺まで来るのはわりと珍しいね」

ノアは言いながら、腰を上げた。

「さあセブン、待たせたね。サムが尾っぽの検査中だから、君の方は退屈だったろ。朝食の前に、体温測定といこうか？」

＊

二週間前。

「イーサン、ノア」

会議室に入ってきた二人に、白衣の所長は椅子から立ち上がった。赤ん坊のようにぽちゃぽちゃしたほっぺたをした老海洋学者である。長い顎鬚《あごひげ》を付ければ小柄なサンタクロースといった風貌なので、一部の若手スタッフは陰で彼のことを〈ニコラウスさん〉と呼んでいる。同じく椅子から立った客を紹介した。

「こちらは〈ＲＢグレンツェ〉のダニエル・ソーバーグ氏だ。ジョイント・ベンチャー部門の責任者をしておられる」

〈ＲＢグレンツェ〉は、バイオ分野で世界のトップ・スリーに入る企業体である。

「お忙しいところ、どうも」

ソーバーグは自分から歩み寄り、二人と力強く握手を交わした。五十代らしい快活な顔つきの大男で、ネクタイをせず、スーツをやや着崩している。一見したところでは、国際的大企業の幹部というより町の不動産業者のようだ。

「お二人の評判を聞いて、ここへ伺うのが楽しみでしたよ。ダニーと呼んでください。イーサン、ノアとお呼びしても？」

「もちろん、どうぞ」

全員がテーブルを囲んで席に着くと、所長が言った。

「ソーバーグ氏は、この研究所と、そして特に君たち二人にご相談があって見えたのだ。あるミッションについて、それが実現可能なものなのかどうか意見を聞きたいとおっしゃっている」

イーサンとノアは黙って頷くに留めた。

〈RBグレンツェ〉からのコンタクトは初めてかもしれないが、海洋学の研究所や大学といった学術機関とバイオ企業との間には、元々強い関係性がある。海の菌類や藻類、海綿や軟体動物といった生物資源から抽出される化学成分は、これまで抗ガン剤や副作用の見られない鎮痛剤など極めて有効な医薬品のリソースとなってきたし、もちろんこれからもなり得るからだ。しかしそういった研究は海洋医学や分子遺伝学といった分野に属することが多く、海洋哺乳類が一応専門であるイーサンやノアには、バイオの大企業からお声がかかったことなど一度もない。

「ミッションについての具体的な話の前に、前提となっている状況を説明しよう」

ソーバーグが、早くもざっくばらんな口調になった。生来馴《な》れ馴《な》れしい性格の男なのかもしれないが、それよりむしろ、その時々で優先順位を迷わないというタイプのように見える。この場では、世代も属する業界も異なる相手と、直ちに率直に話し合いたいという内心の姿勢が、その全身から窺える。

「この八月に、ある学術研究船がベーリング海で沈没した」

「知ってます。かなりニュースになりましたよね」

ノアがすぐに言う。

「以前、港に停泊しているのを見たことがあります。素晴らしい船だったのに」

「ああ、そうだ。船の所有者はメイヤー＝リンチ大学だったが、その時の航海は大学の海洋微生物学研究チームが、我々〈RBグレンツェ〉の支援を受け、海底の微小な生物《マクロベントス》を採取、分析するという目的のものだった。事故当時、彼らはベーリング海の深海底に広がる電気生態系の調査をしていた。理想的な電気依存の生命圏を偶然見つけて、そこを念入りに調べていたというわけだ」

ソーバーグは軽く言葉を切り、二人の青年の表情をさりげなく窺った。

「ご存じの通り――この地球はいわば、『微生物の星』と言ってもいいところだ。私や君たちや、そこらの哺乳類や鳥、昆虫まで含めて、いわゆる普通の動物たちの総重量は、せいぜい百億トンくらいしかない。だが微生物という連中は、一つ一つはあれほど小さいにもかかわらず、陸上と海洋だけでも、合わせて数千億トンもいる。それどころか、地下にはもっと。この世界の主役は、実は人間じゃない、彼らなんだ。そして連中は奇才天才、モンスターの集団でもある。あるものは二億五千万年も生き、あるものは四十万Gというばかげた重力にも耐え、またあるものは一万グレイ以上の放射線を浴びても生き残る。ちなみに、我々人間はせいぜい十グレイで死ぬ」

軽く肩をすくめた。

「自然界では、いわゆる突然変異というのが常に起こり続けている。そしてその結果、偶然によるものか、あるいは未解明の必然としてなのか、時折そういう予想外のレベルまで変化を遂げた奇才たちが現れる。また時には、持ちつ持たれつの共存関係のシステムを生み出しながら」

彼の隣で、所長は黙ったまま、椅子に深く座って窓の外を見ている。

「そして、この時の研究船のマクロベントス調査が大当たりでね。歴史的発見かもしれない、とチームはもちろん、一報を受けた我々も大喜びした。ところがそこへ、極東を荒らしまわっていた台風が進路を変え、いきなり北上してきて、帰路に就こうとしていた彼らを捕まえ、船を転覆させてしまった。乗員は近くにいた韓国のトロール船に救助されたが、この漁船もまた遭難。操舵不能となって二日間漂流した。ロシアのEEZ内まで吹き流され、そこで結局転覆。乗員はロシア当局に全員救助されたが、船は海底で大破したと見られている。乗員は皆それぞれの母国へと無事に帰った」

「助かって、何よりでした」

話の行先がまだ見えないので、とりあえずノアが呟いた。

「まったくだ。そして、チームは状況を研究船からクラウドに頻繁にアップしていたから、既に行っていた観測や実験データのかなりの部分も無事だった。だがそもそもの前提として、自然界から分離した細菌類はその九九％が純粋培養出来ない。今回も、陸地の研究室に持ち帰ってから無理やり分離、培養して、目的にあった能力を持つ株を一株ずつ、その何千もの遺伝子を解析していくことになるはずだった。しかし今回、問題の菌たちそのものを収めたキャニスターは、海に沈んだ」

イーサンの唇の片端が、微かにひくついた。どうやら嫌な予感がしてきた。

「失礼だが、発電菌のことはご存じかね？」

ノアがすぐに両手を軽く上げ、降参を示す。

「シュワネラ菌とか？　微生物燃料電池なんかに使われている」イーサンが、いつもの軽くハスキーな声で言う。

「そうだ。一応念のために、かいつまんで話させてもらおうか。微生物の代謝と電気が関係あること自体は、百年前からわかっている。生物は生きるために、エネルギーを必要とする。人間の場合なら、有機物を食べ、呼吸で得た酸素を使ってそれを分解することで、エネルギーを得られる。その過程で行われる電子の放出や受け取りが、発電と同じような仕組みになっているわけだ。それが微生物の話となると、酸素なんぞなくても呼吸は出来るというのが、その辺にもいくらでもいる——地中や海中といったところに。嫌気性《けんきせい》と呼ばれるタイプだ。イーサンの言ったシュワネラ菌にしても、あれの元々の故郷は深海の海底火山の周辺なんだ。連中は呼吸の際、酸素の代わりに電極を使うことが出来る。いわゆる『電極呼吸』というやつだが、その電子を集めさせてもらうことで、我々の方は発電装置を作ることが出来る。これがつまり、微生物燃料電池と現在呼ばれているものの原型だ。だがこの電池の、これまでの難点といえば、その発電効率の低さだった。得られる電気エネルギー密度が小さくて――まあ、発電菌の遺伝子改変だの何だの、いろいろ研究努力はされてはいるが――同じ体積で考えれば、実用化されている他の電池類にはまだだいぶ追い付けていないというレベルだったんだ。それが――」

「……それが？」

「今回、研究チームがベーリング海で発見した菌の発電能力は、それを最初から桁違いに、どえらく上回っていることが、船上での実験ですぐにわかったのだ。そして、微生物の中には環境浄化能力を持つものがいるが、この発電菌にもある種の有毒物質を分解する力がある。しかもこの菌と仲間たちは、海底に露呈したある岩石の周辺で、一種の完全に調和したサークル、小さな生態系を形成していた。発電菌が、海底に堆積する有機物から電気を創る。その電気を別の微生物が食い、有機物を生産する。この有機物というのが、炭水化物、蛋白質《たんぱくしつ》、ミネラル、ビタミンだのを豊富に含んだ繊維質のもので、栄養学的にも有効性が高い。ついでに言えば、好奇心旺盛な研究者たちは船上でそいつを試食してみたらしいが、話半分に聞いても、さっぱりしたチーズみたいで実に美味《うま》かったようだ」

ソーバーグは、一瞬だが、その未知の味をあらためて想像するかのような眼をした。その体格からして、食べることが好きな男なのだろう。

「発電菌が、廃棄物の毒性を浄化しながら、その中の有機物を元に電気をガンガン創る。その電気の一部を食う微生物が、今度はきれいな有機物を創り出す。我々はそれを食ったり家畜に食わせたりしながら残りの電気を使い、廃棄物を産出する。ここに美しき無限ループが出現するわけだ。世界のエネルギー難、あるいは食料難は、過去の話となってくれる可能性すらある」

過去の話、と言いながら、手指を軽くひらひらさせた。

「ロシア側は、自分たちの庭で沈んだのはトロール船だと今でも思っている。だが、実際に沈んだのは船体だけじゃない。研究チームは研究船を離れる時には命がけで例の菌のキャニスターを持ち出したが、トロール船の方が沈没した時、それを海に落としてしまったんだ。もちろん、優先されるべきは人命だ。不運ではあっても、結果は仕方がない。ただ、菌を発見した元の海域では、その後に海底地震が起きたことがわかっている。あの辺りは環太平洋火山帯にもかなり近いんだ。想像を絶する数の幸運が積み重なって生まれた奇跡の菌を、これまた幸運にも採取出来た、その同じ岩石そのものを、以前と同じ環境のまま発見出来る可能性は、残念ながら既にほとんど無い。そして、二度と手に入らない確率が高い、莫大《ばくだい》な価値を持つだろう希少な微生物サークルの完全なセットは、今もロシアの海底に転がっているはずなんだ」

「莫大な価値って、どれくらい？」

ノアが訊く。

「ご想像に任せる、としか、今のところは言いようがないかな」

ソーバーグは意味深長とも取れる笑いを見せた。

「念のためにお尋ねしておきますが」イーサンが口を開いた。「そもそもこの件は、国連海洋法条約には抵触しない？」

海の天然資源については、いわゆる沿岸国がアクセスや利用についての主権を持つというのが原則である。ベーリング海は元々豊かな漁場であり、米国とロシアとの間にも軋轢《あつれき》はある。

「遺伝資源の利用にも、生物多様性条約で、生じる利益の公正配分が求められていますね」

「抵触しない。菌の採取は、確かにロシアのEEZにごく近いところではあったが、あくまで完全な公海の海底で行われたものだ。航海のログから、それは証明出来る。遺伝資源の利益配分についても——そもそも本当に利益が生じるのかという点が未確定なのは措《お》くとして——少なくとも現時点では問題はない。〈RBグレンツェ〉の世界本社はスイスにあるが、この案件は米国内の法人が取り扱うんだ。ご存じの通り、米国は多様性条約を批准していない」

「わかりました。それで、今回僕らにどういうお尋ねが？　サルベージ業者を探してここへいらしたわけではないでしょう」

「そうだな。実は、君たちの専門である海洋動物のどれかを訓練して、二ヶ月以内に海底から問題のキャニスターを拾って来させてほしい。どこに沈んでいるのかは、一〇〇％正確にわかっている。動物はただそこまで海中を泳いでいき、拾い上げて、船まで戻ればいいんだ。必要な経費は、全額〈RBグレンツェ〉が出す」

ノアの口が開いた。そのまま再び閉じ、隣のイーサンを見る。

所長が、相変わらず黙ったまま、その二人の顔を見ている。

全員がしばらく沈黙した。

「既に時間がない。キャニスターが現時点では致命的な損傷を免れていたとしても、いつまでも無傷のまま海底に剝《む》き出《だ》しで転がっているとは思えない。先週にはカムチャツカ沖でも地震が観測された。北の海では冬も近い。真冬のベーリング海がどんな地獄かは、私なんぞより君たちの方がおそらく詳しいだろう」

真冬のベーリング海。船上、風速四十メートルの強風が吹きつける甲板では、体感温度はマイナス三十度ほど。波の高さが十メートルという日が何日も続くかと思えば、突発的に起こる高波は十八メートルにも達することがある。人間が船外に落ちれば、もちろん数分以内に死ぬ。要するに、人が外で活動するのには極限的に不適切な海域であり、季節なのである。

「……海洋動物？」

ノアが、混乱した顔のまま、ようやく訊く。

「つまり、海獣のことをおっしゃってます？　亜寒帯なら——シロイルカとか？　あれは確かに、訓練にはかなり向いているけど——」

「それも選択肢のうちなんだろうが、出来ればイルカではない方がいいのではないかと、我々も素人なりに考えている。水深二百メートルの海底から物体をピックアップして、離れた船まで運んで泳ぎ着くのには、おそらく相当なパワーが要るんじゃないかな？」

「その通りです」イーサンが言う。「どうして水中無人機を使わないんです？」

「使ったとも。事故直後から、既に三度。だが、そのうちの二度は海中の乱流のせいで操縦不能になった。あの海域には鉛直方向の中規模渦が頻繁に発生するようだ。元々、ロシア側の海というのはブラック・ボックスみたいなものでな。正式な調査が許可されないから、不明な点が多いらしい」

「三度目のは？」

「サメにやられた」

イーサンとノアが、視線を交わした。

「冗談で言ってるんじゃないぞ。実際に、無人機にサメが食いついてきたんだ。でかい口が迫って来る映像も残っている」

「冗談だなんて思ってませんよ。何だろうと食べちゃうサメはいます」と、ノア。

「しかし、だからって——」イーサンが言いかけた。

「君たちは公務員ではない。だから〈RBグレンツェ〉は、この研究所への資金援助の他に、キャニスター回収が成功した場合の報酬として、個人に対するオプションも提示出来る。我々は君たちそれぞれに、ボーナスとして二百万ドルを支払う。内諾してくれれば、正式に契約書が作成される」

部屋の中が、再び静まり返った。

「……二百……万、ドル」

ノアが言う。

「僕は先月、五百ドルで車を買いましたよ」

「そんな車、乗るなよ。危ないな」

イーサンが眉を寄せて叱る。

「成功したら、ランボルギーニの新車でも買いたまえ。どういう点からも、ミッションのサポートは惜しまない。引き受けてくれるかね」

「まず、ですね。二ヶ月ではまったく無理なお話です」

イーサンが、いかにも罪のなさそうな顔で言う。

「海獣の訓練を一から始めるつもりなら、最低でも二年は見ていただかないと。さっきあなたは、『君たちは公務員ではない』と言った。ポイント・ロマの公的機関にも、先に相談はされたんでしょう？　あちらは何と？」

サンディエゴのロマ岬にある〈海軍哺乳類教育センター〉では、半世紀以上前から様々な動物たち、現在では特にイルカやアシカを対象に特殊訓練が行われている。イーサンもノアも、立場や時期は違うが、過去にそこで研修を受けたことがある。

「君とノアとを推薦してきたのは、そのポイント・ロマなんだ」

イーサンはニヤッとした。黙って丸投げされたのは、成功の見込みが限りなくゼロに近い計画だからだ。

「あちらの担当には、二百万ドルのオプションの話はしなかったんでしょうね」

「もちろん、していない。受け取れない金の話を聞いて嬉しい人間がいるかね。そうそう、あちらでだが、『ノアはドリトル・ジュニアだ。動物の言葉がわかる』と言われたよ。本当なのかね？」

ノアが、複雑に困った顔になる。頭を掻《か》いた。

「それは……、明らかに、大袈裟《おおげさ》だなあ」

「そして、イーサン。私は君が過去に書いた論文も幾つか読んでみたんだ」

ソーバーグはイーサンの方へとさりげなく目を移した。

「UCバークレーにいた頃に、〈ロボ・アニマル〉の有用性について興味深いことを書いていたね」

イーサンの眼から、微笑が消えた。

「あー……。あのう、そもそもですね」ノアがやや身を乗り出して言う。

「いろいろ簡単におっしゃいますが、イルカよりパワフルで、海底に沈んだ物体の探索能力があり、かつ亜寒帯での外洋ミッションが可能な海獣なんて、ましてこのご時世にですよ、いったい国内のどの機関が保有しているんです。まさか、これから何か密猟しに行くっていうんじゃないですよね」

「馬鹿な」所長が短く声を発する。

「すみません。でも、今のお話を伺っていると――」

「そう――ひょっとすると、だが」

ソーバーグは視線を浮かせた。指先で顎を搔く。

「先に断っておくが、もちろん我々は密猟などはしない。これは非公開ではあるが、完全に合法的な話だ。もしかすると――ロシア産の若いシャチが――手に入るかもしれん。それなら、どうだ？」

イーサンとノアの眼が、同時に丸くなった。

＊

「明日の正午までに返事を」と言いおき、黒塗りのリムジンでソーバーグは去っていった。

「いくらなんでも、無茶だよね」

所長としばらく話をした後で部屋を出、歩きながらノアが言う。

「野生のシャチだって？　二ヶ月で馴らしてそんな芸当を教え込めなんて、頭がどうかしてるよ。Ｋ９の訓練済みシェパード犬か何かと間違えてるんじゃないかな」

「ロシアに勘付かれて横取りされたくないってことに拘《こだわ》っているうちに、万策尽きた気がしてきたのかもしれない。だけど、さっきの話を聞いた限りじゃ、ただ失うには惜しい発見だったことは想像がつくよ。それに、二隻の船が現実に沈んじゃってるわけだろ」

ノアはしばらく黙った。

「そうだねえ……。もしそのナントカ菌を我々が見つけられたら……それが実際に役に立つのかどうかはまだわからないにしてもさ……すごく喜ぶ人は、きっと何人かはいるんだろうね」

「沈没寸前の研究船から、命がけで持ち出したって言ってたしな。自分たちが何を発見したのかということについて余程の確信がなけりゃ、そうそう出来ることじゃない」

「うん。だけど——やっぱり、シャチってのは……」

元々真面目なノアは、途方に暮れているようだ。

「断るか？」

イーサンが言う。

「断ったって、別に向こうも驚きゃしないよ」

ノアは、しばしためらった。

「そうだね」

口許《くちもと》をきゅっと締める。

「無責任な約束はしたくないし……。所長には、悪いけど」

＊

昼食用に自販機で買ったグラノーラ・バーを咥えながら、書類が山となったデスクに両脚を乗せて論文雑誌を読んでいると、スマホが鳴動した。

イーサンはそれを見た。「ジェイ」と表示が出ている。二年ほど前にポイント・ロマの〈海軍哺乳類教育センター〉で知り合った男だ。

無視しようかと思ったが、ふと気分が動き、バーを口から外した。

「ジェイ」

『〈ＲＢグレンツェ〉から、話がなかったか？』

久しぶりという挨拶もなしに、相手がいきなり切り出した。

「あったよ。誰かがノアと僕を推薦したって？」

『もちろん、俺じゃない。するかよ。したのは例によって、なぜかおまえたちをしょっぱなから依怙贔屓《えこひいき》していたケンドリック部長だ。やる気があればやるだろう、ってな。あの人の感覚は変わっていることで有名だからな。断っただろうな？』

「相談中だ」

『相談？　おい、ちゃんと連中の話を聞いたのか？　準備期間はたったの二ヶ月だぞ。イルカなんて、こっちの笛にちゃんと反応するようにならせるだけでも一ヶ月はかかる』

「知ってるよ」

『なるほど。ダメ元でトライ、ってわけか』

ジェイは軽く笑った。

『うちももちろん楽じゃあないが、ご奉仕先が資金繰りに詰まり出すと苦労が多いだろう。そういや、この間出張した時、そっちのあのちっちゃい所長が国立科学財団に来ているのを見かけたぜ。情勢確認かな？　年寄りにはヘビーな仕事だ、気の毒に』

「ジェイ」

イーサンは優しげに言った。

「君も忙しいんだから、うちの心配なんかしてるなよ。それより、そっちのみんなは元気か？　そういえば、キムはあれから米海軍特殊部隊《シールズ》の少佐と結婚して幸せいっぱいらしいな。ハネムーン先からめちゃくちゃセクシーな水着写真を送ってきてくれて、嬉しかったよ」

キムはかつてジェイのガールフレンドだったキュートな大学院生だが、ジェイのホーム・パーティをすっぽかし、深夜イーサンのアパートに突然現れたことがある。

相手はしばし絶句した。

『せいぜい、バイオ会社の金を無駄遣いして気に入られろ』

ようやく、憤怒《ふんぬ》に震える声が聞こえてきた。

『おまえは何につけ、見境ってものがない。本当にないんだ。何度トラブルになっても学習しない。仲良しのあのインディアンは、もう味見したのか？　もっとも、野郎が相手ならおまえはされる方か。実はもうそっちもとっくに経験あったとしても、俺は驚きゃしないぜ』

イーサンの眼が細まった。

『まあ、似合いじゃあるな、おまえたち。二人ともキャンディみたいだしな。じゃあ、スウィートなノアによろしく』

通話が切れた。

イーサンは、そのまましばらくスマホを見つめていた。デスクに放る。

「……クソッタレが」

鏡を見なくても、今の自分の瞳がいつもの灰緑から濃い緑へと変わっているだろうことがわかる。こんな時はいつも、子どもの頃からそうだからだ。母は幼い息子がこういう眼になると、しばらくは絶対に自分の視界の中に置くようにしていたという。一人で黙って怒っている証拠だから。そしていきなり、とんでもないことをしでかしてくれるから、と。

眼鏡を外し、それを拭きながら、彼はしばらく考えた。

また眼鏡をかけてスマホを取り、ポケットからダニエル・ソーバーグの名刺を取り出して眺める。

そこに印刷された番号に、電話した。

(……あの優秀なノアが、ジェイみたいな大馬鹿野郎に侮辱されたままになるくらいなら――)

シャチだろうがメガロドンだろうが、いいからさっさとここへ連れてきやがれ。

＊

「引き受けましょう」

ノアが呆気《あっけ》に取られて、所長の方を向いているイーサンの顔を見た。腕を掴んで引き寄せ、囁《ささや》く。

「さっき、断ろうって決めたばかりじゃないか」

「気が変わった。やっぱり、面白そうだから」微笑《ほほえ》んで言う。

「はあ？」

「大丈夫だよ、ノア。君は、僕が出会った中で最高の海獣飼育員だ。自信を持てよ、ドリトル・ジュニア。僕と君とで何とかしよう。所長も、ここの皆も、必ずサポートしてくれる」

「ちょ、ちょっと、簡単に言う――」

「このお話を引き受けさえすれば、研究所には〈RBグレンツェ〉から、今回の必要経費の他に、使途制限のない資金提供がされるんですよね？」

「される。前払いで契約額の一〇%。成功すれば残りの九〇%」所長がのんびりと答える。

「医療用プールの水漏れを修理出来るぞ、ノア。あの屋内プールのクレーンの交換も。あれはいい加減取り換えなきゃ、そのうち死人が出る」

「…………」

スラットン海洋研究所の運営は、国立科学財団と海軍からの資金提供によるところが大きい。もちろん、イーサンを含む研究者たちが個々に獲得する競争的外部資金の比率も高いのだが、近年では海軍からの支援が先細りになってきており、その影響は各所で見え始めているのだ。

「それに——実は僕はね、さっきソーバーグ氏に電話して確認してみたんだ」

イーサンは相手の顔を覗き込んだ。

「〈RBグレンツェ〉が買うことを検討しているっていう、例のシャチのことさ——彼が言うには、このミッションがどういう形で終わるにせよ、最終的にはそのシャチはロシアの近海に帰すつもりなんだそうだ。だが、僕らが引き受けなかったら、シャチのこの先の運命はわからない。たぶん世界の水族館のどこかが買い取るんだろうが、最悪の場合、劣悪な環境のプールで、身動きもろくに出来ないまま短い一生を終えることになるかもしれない。ノア、ミッションが成功するかどうかはともかく、僕らは少なくとも、一頭のシャチの命だけは何とか救えるかもしれないよ」

「………」

彼を見つめ返すノアは次第に、超弩級《ちょうどきゅう》のハリケーンが前方に上陸しつつあるのを目撃していているような顔になってきた。

「ノア」所長が声をかける。「吐くなら、こっちの屑籠《くずかご》の中にしてくれんか」

そのまま椅子の上で頭を抱えこむ、そのノアの背中を、イーサンは笑ってポンポンと叩いた。

第4章

「うっわああ、可愛いなあ！　なんて可愛いんだろう！」

ぎりぎりまであれほど腰が引けていたにもかかわらず、空港でセブンを出迎え、そのその巨体を初めて見た時の、ノアの放った第一声はそれだった。

「君はこないだ、部屋でカタツムリを見つけた時もそう言ってたぞ」イーサンが言う。

「だって、見てごらんよ、あのちょっと口を開けた顔つき……」

その場に突っ立ち、うっとりと見惚れている。

「ああ、ほら、あのまだカーブしてる背びれ。もう……、たまんない」

＊

ノアは、セブンが研究所に到着したその日から、屋内のプールで一緒に泳いだ。イルカのサムは人間の世話を受け始めて数ヶ月経《た》っていたので特に動揺はしなかったが、セブンにとって、それはおそらく初めての経験のはずだった。

少年の彼はロシアの海で捕獲され、家族から無理やり引き離されて、海辺の生簀や幾つかの狭いプールをトラックで運ばれながら渡り歩いた挙句、貨物機に乗せられて空路はるばると太平洋を越えてきた。

シャチはその輸送方法に一応定められた手順があり、全身に冷水を注ぎ続けられながら運ばれることになっている。しかし水をかけられていても、ひれからの放熱がうまくいかないと、彼らは自分の体温で低温やけどを起こしてしまう。眼の周辺の冷却が不十分だった場合など、一種の視覚障害も生じやすい。そもそも、通常は海中で全身に水圧を受けながらほとんど無重力状態で活動する彼らにとっては、地上の重力によって担架に押し付けられることになる輸送体勢自体が、恒常的な危険を孕んでいる。胃腸の負担を考慮し、輸送前日から餌もほとんど与えられない。

セブンは衰弱し、食欲が落ち、皮膚が荒れ、そして孤独だった。しかし、プールの先住者だったサムは幸いにもごく親切なイルカだったらしく、そのことはどうやら大いに慰めとなったようだ。ノアがプール脇に現れた時、セブンは条件反射のように反対側に逃げたが、ノアが棒などの武器を持たず、大声を出して威嚇もしてこないことを察すると、離れた場所からそっと観察を始めた。

ノアは無理に近付かなかった。距離を保ったまま、プールの中をリラックスしてしばらく泳いでいた。

　やがて、セブンの背びれが、ゆっくりと近付いてきた。

　イーサンはプールのデッキから、所長や他の飼育員たちと共に、内心ひどく緊張してその様子を見守っていた。若いシャチのストレスはもはや極限に達しているはずだったからだ。

　熊やライオンのような陸地の猛獣ならば、その姿勢や表情、あるいは唸《うな》り声《ごえ》などから、たいてい誰でもその場の危険度を察することが出来るだろう。だがシャチはそうではない。仮に殺戮《さつりく》の意図を抱いていたとしても、ただ無言のまま、滑るようにこちらへと接近してくるだけなのだ。その黒い背びれはまさに、〈冥界からの魔物《オルシナス・オルカ》〉という学名を呼び起こさせるだけの不吉さを孕んでいた。緊急事態となった時にすぐにノアを引き上げられるよう、他の飼育員たちは彼の体に救命ロープを結ぶだけでなく、側の水面までクレーンで救助用担架を下ろしておくことを提案していたが、ノアはそれを拒否していた。今のセブンは担架の存在に嫌悪感しか抱いていないはずだ、と言う。

　セブンはほんの一メートルほどの距離から、ウェットスーツを着たノアの体をしげしげと眺めているようだった。人間の腕や足の構造やその動き方に興味を持ったらしい。水をゆっくりと掻いて立ち泳ぎをしているノアの腕に合わせ、自分も両ひれをゆらゆらと揺らし出した。

ノアが、水面でデッキの方を振り向いた。イーサンと視線を合わせ、いつもの素晴らしい笑顔を見せた。

「見えるかい？　やっぱり、めっちゃくちゃ可愛いよ、この子！」

＊

その翌日には、セブンは早くもノアの手からどんどん魚を食べるようになった。

「まずは、第一歩だな」

セブンやサムのための魚の山を捌いているノアの側で、イーサンは金属探知機に寄りかかりながら話していた。魚たちが次々にコンベアに載せられ流れてゆく。大量の魚は重く、生臭く、冷凍されていたのでこちらの手指までも痛いほど冷やす。一日たりとも休みを許されない地味な重労働だが、釣針などの危険な異物が魚の体内に残されていないかを確認するための、これも大切な仕事の一つだ。

「それにしても、君の肝っ玉には感服したよ、ドリトル・ジュニア」

「ここに辿《たど》り着くまでにたぶん、相当荒っぽい扱いを受けてきてるよ、彼は」

ノアの表情は真剣だった。

「食欲が戻ってきたのがせめてもの救いだ。ここはもう安全で、苛《いじ》めてくるやつは誰もいないんだと理解させて、早く元気にしてあげなくちゃ。外のエンクロージャーの工事は完了したって？」

「ああ、今朝方、業者が引き揚げていったよ。四日じゃさすがに無理だろと思ってたけど、やらせればちゃんと出来るものなんだなあ。〈ＲＢグレンツェ〉様のご威光と金の力たるや、凄いもんだ」

「あの南側の海藻の林も、ちゃんと全部囲いの中に含めてもらえた？　シャチは皮膚が敏感だから、体を擦《こす》って手入れをする場所がどうしても必要なんだ。我慢出来ずにフジツボのついた岩肌なんかでやられたら、傷だらけになっちゃうからね」

「所長と検分したけど、とりあえずはジュニアのご希望通りだと思うよ。後で見てみてくれ」

「冗談だとわかっちゃいるけど、頼むからジュニアは止めてよ。そんなんじゃないって知ってるだろ、君なら」

「僕が知ってるのは、君がドリトル博士と同じくらい動物たちを愛してるってことさ。まあ、そう深刻な顔しないで元気を出せって。何か明るいことを考えよう。もし本当に二百万ドル受け取ったら、何をする」

「……そうだなあ……」

ノアは手を動かしながら、しばらく考えた。

「母さんと妹たちに、きれいな農場を買ってあげたいかな。馬も何頭か飼えるような……昔からの、家族の夢なんだ。それから、チェイスと休暇を取って、サルディニア島へ行く」

チェイスは、ノアの恋人のシステム・エンジニアだ。

「君は？」

「そうだな」

イーサンはノアの手元の動きを見ている。

「クールなクルーザーでも買うかな。沖へ出て、釣りをして、昼寝して、また釣りをする」

ノアは笑い出した。

「君みたいな仕事虫が、そんなリタイア生活に耐えられるわけがないよ」

メイヤー＝リンチ大学の研究室から、海に沈んだものとまったく同じキャニスターが見本として速達便で送られてきた。構造としては三重のつくりとなっている。細菌類を収めた試験管三本がいわば本体で、これが吸湿性のある緩衝材でくるまれている。それを保護容器が覆い、更に緩衝材が詰められ、一番外側がステンレス表層のキャニスター。これには把手《とって》が二ヶ所に付いている。

〈RBグレンツェ〉のソーバーグだけではなく、大学の研究者たちもまた、失った宝物を完全には諦めきれていないのは明らかだった。この世界をより光ある方向へと前進させ得るような何かを発見するということは、すべての研究者にとっての見果てぬ夢だ。そしてその実現の可否は、ほとんどの場合「運」という非科学的な力によって左右されてしまう。彼らはスラットン海洋研究所が挑む前代未聞のミッション成功に最後の望みをかけており、担当学部長は自らイーサンに丁寧な電話をよこして、自分たちに出来る協力は一切惜しまないと何度も念を押した。

「あなた方のおかげであの菌たちがもし再び我々の手に帰ってきてくれたなら、我々はきっと、たとえ何年かかったとしても、この世界を変えてみせます」

イーサンとノアをまず喜ばせたのは、大学側で既に行われていたテストによって、問題のキャニスターが相当な衝撃や水圧によっても大きな変形はしていないだろうという予測を得られたことだった。把手が二つともに無くなっている可能性は更に低かった。それはつまり、セブンが探すべき物体の形状について照準を絞ることが出来、そして運搬性についても難度が多少なりとも低くなるということを意味する。

イーサンはキャニスターのサイズと重量を正確に測り、まったく同じ形状のものを幾つか用意した。幸い、外装容器は既製品だったので入手は容易《たやす》かった。そして、形状は瓜二《うりふた》つだが材質や重さが異なるものも、〈RBグレンツェ〉がすぐさま3Dプリンターなどを駆使して複数製作し、依頼した翌日にこともなげに届けてよこした。

＊

ロシア海域への出発は、十一月四日という日程で確定となった。

確定となった、というのは、つまり〈ＲＢグレンツェ〉のソーバーグがそう告げてきた、という意味だ。シャチをロシア海域まで運ぶ船の確保、その改造工事に必要な日数から算出すると、それが最短のスケジュールになるのだと言う。そもそもシャチの訓練の方が間に合うのかどうかという点を考慮されたミッションでは最初からないので、スラットン研究所側としては「ああ、そうですか」と応えるしかない。「もう少し先に」と粘ったところで、「ではもう一週間延ばせば確実に成功出来るのか」とどうせ訊かれるだけであり、そんな質問には所長もイーサンも答えられはしない。一年延ばしても無理かもしれない。

イーサンは飼育員室の壁に、セブンの訓練の工程表を大きく貼りだした。ＰＣネットワーク上の共有情報に頻繁にログインする余裕のない飼育員たちにも、一目で進捗がわかるようにするためだ。セブンがステップを一つクリア出来たら、壁の表にも記入をしていく。使用される語句はほとんどすべて略語化されているから、もし部外者が目にしたとしてもミッションの正確な目的を察することは出来ないだろう。

そしてその横に、イーサンは出発までの日数カウント・ダウンの日めくりも取り付けた。

最初の数字は『54』。

それをじっと眺めているイーサンの隣に、外から戻ってきたノアが立った。

「……五十四？」驚いて声を出す。

「信じられないだろ？　作った僕自身、二度数えた」イーサンが肩をすくめる。

「僕、二ヶ月って、ふつう六十日くらいのことを言うのかと思ってたよ……」

「君が正しいよ。ダニエル・ソーバーグ氏の方が、地球とは別の時間軸で生きてるんだ」

二人は思わず、同時に溜息《ためいき》をついた。

それからテーブルを挟んで座り、訓練プログラムの骨子の確認を始めた。

＊

訓練の第一段階は、拡張工事を終えたばかりのエンクロージャーの中で、直ちに始められた。

海獣のトレーニングには、「条件付け」と呼ばれるステップを踏むことが必須である。

動物がたまたま望ましい行動をした時に魚を与えるといったことを繰り返すと、彼らはやがて人の姿を見た時点で自分からその行動を示すようになる。そこに笛の音やハンドサインといった条件を段階的に挟みこんでゆき、動物の認識と、そこから引き出される更に複雑な行動との間に、いわばショートカットを形成してゆくのである。

もっとも、そのトレーニングの具体的な方法はトレーナーの数だけあると言っていい。ノアには難度が高いとされる何種かの動物についても既に実績があった。ミッションを引き受けることが正式に決定すると、彼は自身のスタンスとその経験知、様々な施設での膨大な事例とを踏まえて、シャチの即席訓練プランを必死に練り上げ、組み立てた。

猛烈な合宿生活のような時間割になるのは、日数的な制約の都合上、致し方ないことだった。研究所スタッフの間では、途中で——あるいは最初から——遅れが出るのは当然のことという含みがあった。言うまでもないことだが、シャチは機械ではない。他の飼育員たち、海洋動物室の研究員たち、イーサン、そして所長の同意と承認を経て、ノアは完成したプログラムの実施に慎重に取り掛かった。

だが、その一日目の午前中の訓練を終えた時点で、彼はイーサンの研究室の戸口に現れた。

「イーサン」

イーサンは、電話でソーバーグとかなり陰険な鍔《つば》迫《ぜ》り合《あ》いをしているところだった。

ノアの顔色を見るなり、すぐにその通話を切り上げる。

「ノア？　どうした？　大丈夫か」

スマホを書類の上へと放り、足早に近付いた。

「セブンのメニューだけど。あのう……、今から大幅に変えることになっても、いいかな」

ノアがやや口ごもりながら言う。

「所長の許可を取らなきゃいけないことはわかってるんだけど、出張であさってまで戻らないし……」

「構わないさ。急ぎのことなら君と僕とで判断すればいいって、もう最初に了承を貰ってるだろ。大丈夫だよ、言えよ。セブンに何か問題でも起きたのか？　訓練を嫌がるとか？」

「問題……って、いうか」

理解不能な状況に直面したような、当惑の顔になっている。

「ええと……、逆なんだ。トレーニングが、早く進み過ぎてる」

イーサンは、軽く瞬《まばた》きした。

「白状すると、実はもう勝手にメニューを進めていたんだ、出だしがすごく順調だったから……。そしたら、今週いっぱいで何とか出来るようになれば上出来と思っていたメニューが、この半日で、全部終わってしまったんだよ。そしてセブンはもう、とっくに退屈しているんだ。水中に投げたおもちゃを見つけて、ただ拾って僕のところまで運んでくるっていう〈ゲーム〉に、すっかり飽きちゃったんだ。それこそ『馬鹿にしてんのかよ』って感じでさ……。だから、やれば魚を貰えるってわかってても、指示に従わなくなった。さっきから、サムを相手にお喋りばかりしている……」

二人は黙り込み、しばらくお互いの顔を見ていた。

「イーサン。僕はドリトル先生じゃない。でも、セブンがあそこでサムに何を話しているのかはわかったよ。あれは明らかに、『ノアって、幼稚な遊びが好きなんだね』って言ってたのさ」

＊

イーサンは出張先の所長に状況を報告し、正式にプログラムの大幅修正の許可を得た。

事態がしょっぱなから予想もしない展開を見せていることは、〈ＲＢグレンツェ〉のソーバーグにはまだ知らせなかった。「このこと」は、単なる幾つかの偶然の重なりの結果かもしれない。早熟な子どもが全員天才に育つとは限らぬように、セブンの知的動作は既にこの段階で天井に到達してしまったのかもしれない。ソーバーグへはプログラムの進捗について毎日レポートを提出することになっていたが、イーサンは「プログラム消化に着手」という、当然の事実の一端を述べておくに留めた。

あのオヤジは食わせ者だ、とイーサンは既に思っていた。こちらが契約書に揃《そろ》ってサインを済ませた途端、明らかに内的なスタンスを一変させたような感じなのである。何度かかけてきた電話での態度からも、こちらの事情を気遣うような素振りが一切失《う》せていたのは、いっそ見事なほどだった。

（まあ、ビジネスマンにはわりといるタイプってことだな）

〈ＲＢグレンツェ〉も別に慈善事業で今回大枚をはたいているわけではあるまい。ソーバーグにしても、あの席で人類の明るい未来への展望をぶちあげてみせはしたが、だからといってその過程で会社の最上層部や投資家たちの不興をこうむり、自分だけがスケープゴートとなるような展開なぞはまっぴら御免だろう。

体裁的には一片のそつもないが「何とか始めましたよ。大変ですけどね」というニュアンスを巧妙に匂わせたレポートを送信した後で、イーサンは再びノアとセブンの様子を見に行った。ノアほど性格のいい男をイーサンは他に知らないが、その神経には繊細なところがある。彼は今、セブンの世話に文字通り必死なのだ。ソーバーグの横柄な督促や嫌味やだしぬけな命令なぞを直接彼の耳に入れさせるわけにはいかない。

ソーバーグは、金とエネルギー配分の感覚が明瞭な男だ。研究の過程でたまたま何か大発見が――今回の新種の発電菌のように――あった時に、話をライバル社へ持ち込まれぬよう、日頃からアカデミアにも熱心なネゴシエイションは欠かさないのだろうが、海洋哺乳類の生態という分野についていえば、少なくとも彼の守備範囲からは外れている。

それ自体はもちろん、良い、悪いの問題ではない。ソーバーグは今のところ、彼のスタイルで明らかに成功もしている。ただイーサンは、自分の部下ですらない他人にばかばかしい権力者面を見せる人間には、何となく軽蔑を感じるのである。

若造二人に計四百万ドルのボーナスの話をちらつかせてみせていたが、そもそもそのもったいぶった態度からして気に入らない。NRC（米国学術研究会議）がかつて議会からの依頼に応え提出した報告書では、海洋探査への資金として、初年度だけでも総額二億一千万ドル、翌年以降は毎年一億一千万ドルの拠出が勧告されている。それだけ注《つ》ぎ込《こ》んだとしても、「元は取れる」と考えられたからである。新発見の発電菌が本当にそれほど衝撃的なリソースであるなら、四百万ドルの成功報酬など、それこそ駄賃のようなものだ。

（ああいう視野の奴がなまじ権力だけ持ってると、大抵ろくなことにならない）

イーサンは母方が学者の家系、父親は自分で事業をしている。イーサン自身の志向性は明らかに母親譲りのものだが、彼の両親はまったく異なる業界に属しながらも、相手の仕事の話を聴くこともとても好きだったので、彼もまた父の語る様々な実業世界での経験談を、傍らでそれなりに興味深く聴きながら育ってきた。現在の恋人のアンバーは軍人だし、友人たちや過去のガールフレンドたちの職業、立場、バックボーンも、本当に様々だった。

ソーバーグはいわゆる〝大企業のエグゼクティブ様〟なのだろうが、一方でその威光を振りまかれてもピンと来ない相手もこの世には多いのだという事実もまた、はっきりと知るべきだろう。例えば、有難くも彼に買っていただいた立場のはずのセブンとか。

スナック・エリアで熱いコーヒーを二つ調達し、建物の外へ出た。空は既に、朱と紫に輝く絢爛《けんらん》たる一面の夕映えだった。

エンクロージャーまで歩いて行ってみると、その広い空の下で、ノアはセブンとサムと一緒に泳いでいた。

イーサンは監視と補助についているもう一人の飼育員にコーヒーを渡すと、風に白衣の裾を煽られながらしばらく通路に立って、その美しい光景を眺めていた。

野生の世界に生まれて育ち、その後に家族から引き離され、理不尽で惨めな扱いを経験してきたシャチが――まだ出会って間もない人間の男に、ああして無防備に口を開けてみせている。人の手が、大きな舌に触れることをゆるしている。

奇跡としか思われなかった。

セブンも、サムも、そしてノアも——

何者にも脅かされていい存在ではない。

ノアがイーサンに気付いて、水面で笑顔を見せた。濡れて落ちかかる黒髪を額からかき上げ、その手を振ってよこす。

イーサンも手を上げて応え、梯子《はしご》へと泳いできたウェットスーツの相手が登って来るのを手伝った。

「いい加減、寒いだろう。もう今日は、この辺で終わりにしろよ」もう一つのコーヒーを渡しながら言う。

「うん、でも何だか楽しくてさ。つい時間を忘れてしまった」

「楽しそうだったよ」

タオルで顔を拭きながら、ノアはふと、イーサンの表情を窺った。

「遊ばないで、もう少しトレーニングを進めた方がよかったかな？　やろうと思えば、もしかすると出来たかもしれないんだけど……」

「セブンと君が楽しめるペースでやれるのがベストなんだよ。気にしなくていい」

＊

ノアはその晩、イーサンと遅くまで相談し、セブンのためのプログラムを編成し直した。

「もう、キャニスターをターゲットに限定した段階を試していいと思う」

ペン先で工程表のメモをつつきながら言う。

「今は何より、セブンの個性とやる気を優先すべきタイミングだ。難しい課題をやり遂げた時ほど、彼は喜ぶ。それで魚が貰えても喜ぶんだけど、何より、うまくやった時には、まずひとしきり自分だけで喜んでいるんだよ。彼にとっては、自分自身の達成感がいわば一番の強化子なんだ。そして、いいかい、イーサン。彼はその後で、必ず自分から僕に褒めてもらいにやって来るんだよ。……僕の言ってることの意味、わかる？」

イーサンにはわかった。ノアは、いろいろな意味で異常なことを口にしているのだ。そもそも、飼育され出したばかりのシャチが、自分から「人間に褒めてもらいにやって来る」などということ自体あり得ない。

たとえばこれが、飼い主と共にいることに幸せを感じる犬のような動物なら、褒められて喜ぶようになるのは容易い。だが鯨類は、当たり前だが犬とは異なる。そもそも彼らは、人間のことを「飼い主」などとはまったく思っていない。飼育下のイルカも、人に撫でてもらうことを好むようにはなるが、ショーなどのための訓練を受けさせる時、彼らの行動を特定の方向へ強化する最初の因子は、やはり食べ物なのだ。シャチにしても、飼育員に撫でられたりハグやキスを与えられたりすることを、彼らが嬉しく心地よいものと感じるようになるまでには、幾つものステップを経ることが本来必要なはずだった。

つまりノアは今、「これは〈シャチ〉という種ではなく、〈セブン〉という、ある特殊な動物に向けたプログラムになる」と、暗に宣言しているようなものなのだ。

イーサンは正面から、相手の顔をじっと見ていた。

自ら多くは語らないが、その生来の繊細さゆえもあるのか、ノアが幼い頃から自身のことを「皆と同じ」ではないと感じ続けてきたらしいことを、イーサンは既に知っていた。そしてノアが、接する動物たちの、どれほど孤立した、どれほど特異に見える個体に対しても、偏見など一度も持ったことがないことも。

イーサンは、目許の微笑をそっと深めた。

「セブンが出会えたのが君という人で、本当によかったと思うよ」

ノアが視線を上げた。そして、その黒い瞳に（何のこと？）という軽い疑問符を浮かべたが、そのまま自然に微笑を返してよこした。

＊

翌朝、訓練は本物と同じキャニスターを一つ使うところから始められた。

もはや、「他の物」を運んで来させる練習などは無駄だった。結局のところ、人間たちにとっても、セブンにとっても、重要なのはただ一つ、問題のキャニスターを発見し、持ち帰るということだけなのだ。

キャニスターの把手は、むろん人間が手で持ち運ぶために作られているもので、シャチが咥えることなどまったく想定していない。シャチの大きな口は意外と器用で、かなり小さなものでも捉えて運ぶことが出来るが、イーサンは研究所の技術チームと相談し、もしもセブンに把手を咥えて持ち上げることが難しいようであれば、彼の口に合った物体ホールド用のマウスピースを作るということを検討していた。マウスピースには一種のマジックハンドのような器具が連結されている。

その器具を特定の角度でキャニスターに押し当てるという動作をセブンが覚えることが出来れば、器具の一部が自動的に開いて、キャニスターをしっかりとホールドしてくれる。そうすれば、彼はそのままそれを持ち上げて運んで来られるようになるだろう。

だが、少なくともエンクロージャーという安定したごく小さな世界においては、ピックアップの動作は困難ではなさそうだった。セブンがキャニスターそのものを容易く咥えて戻れるようになると、形状は同じだが材質や重さの異なるダミーも交ぜて水底にセッティングがされた。シャチやイルカのエコロケーションは物体の形ばかりではなく、その材質をも識別出来る。

セブンは最初、運ぶのが楽なプラスティック製の軽いキャニスター模型を選んで咥えてきたが、その時彼は、ノアに軽く褒めてもらいはしたものの、魚が貰えなかった。形や重さは本物と同じだが、材質が琺瑯《ほうろう》であるキャニスターでもノアは満足せず、自分が〈ゲーム〉をクリアしていないということを、何度目かのトライの失意の後でセブンは悟った。

一度そのことを覚えると、ピックアップの成功率は一〇〇%となった。セブンはもう決して間違えなかった。〈キャン〉と呼ばれることになったキャニスターが、エンクロージャーの中でほとんど泥や砂に埋められていても、海藻の茂みに隠されていても、海中が故意に濁らされていても、あっと言う間に正解の物体を発見してみせた。

訓練は——逆に、誰もが首を捻《ひね》るほど——極めて順調だった。

ロシア近海行きまでのカウント・ダウン、残り四十四日。

セブンを初めてエンクロージャーの外、湾内に放してみるテストの日がやって来た。サポート・ボートにはイーサンとノア、他に研究所のスタッフが三名乗り込み、少年シャチの回遊ルートを誘導することになっている。進むボートから三十秒ごとに魚の切り身を与え続け、まずはボートについて離れずに泳ぎ続けることを覚えさせる。

セブンには、背びれの後ろに生物遠隔測定《バイオテレメトリ》用の衛星タグが取り付けられた。電波が海面で反射してしまうので、水中にいる間はGPSによる位置確認は出来ない。息継ぎのため浮上した時に位置情報と記録データが発信され、それが衛星を経由してボートで受信されるシステムだ。

「すぐには囲いから出ていかんかもしれんな」木製通路に立っている所長が、声をかけてきた。

ボート上のイーサンとノアは、何となく曖昧な頷きを返しただけだった。

プールなどで飼育された小型クジラ類は、オープン・ウォーターに対しては当初警戒感を示すのが普通だ。未知の状況に直面すると、慣れ知った場所へまず後退しようとする。

だが、このセブンの場合は？

所長の合図で、ゲートが引き上げられた。

「さあ、セブン。おいで」

ボートからノアがまず声で呼び、笛を吹いた。エンクロージャーから完全に出てくることが出来たらあげるつもりで、魚の入った保冷箱を側に置いている。今朝はまだ何も食べていないので、健康なセブンはすっかり空腹のはずだ。

セブンの背びれが、すうっと前進してきた。

戸惑った様子を示したのは、ほんの数秒だった。

あっと言う間にゲートをくぐって滑り出して来たかと思うと、ボートになど目もくれず、たちまち速度を上げて広い海面へと向かい出した。

イーサンとノアは、ひやりとした。

……このまま、逃げる？

リズミカルに息継ぎを繰り返しながら、前方に開けた湾の口へ向かい、背びれがぐんぐんと遠ざかってゆく。このシャチが——というよりも、シャチという動物が本来これほど俊足であることを、自分たちがなぜかすっかり忘れていたことに、二人は度肝を抜かれた。

「ノア！」所長が叫んでいる。

「夢中になっているだけかも」ノアが再び笛を咥え、吹いた。

周波数が高いので人間の耳には聞こえない音だが、セブンには届いた。はっとしたように背びれの速度が緩み、水面を旋回する。だが、戻っては来ない。

「セブン、おいで！　ほら！　朝食だよ！」

ノアが声で呼んだ。保冷箱を持ち上げて揺すり、魚と氷の音を立てる。

イーサンがそっと合図し、ボートが静かに前進し出した。

セブンはまだ、ためらっているようだった。だが、不意に身を捻らせていったん潜ると、二十メートルほど離れた海面から躍り上がって大きく宙へとジャンプした。

「……ワオ！　凄いな」

高々と上がる水飛沫に、イーサンが呟く。

その時、ボートの後方、再びゲートを閉じられたエンクロージャーの中で、イルカのサムがピーッと甲高く鳴いた。

セブンは、囲いの中に残してきた友達の存在を思い出したようだ。はっきりと向き直り、ボートの側へと泳ぎ寄って来た。

「よーし、よし」

ノアがすぐに、サバの大きな切り身を口の中に次々と放ってやった。身を乗り出し、セブンの顔を掌《てのひら》で撫でさする。

「いい子だね、よしよし。外は広いよね！　そんなに楽しいかい？」

「外を警戒しないように慣らす、って工程も、丸ごと端折《はしよ》っていいな」

イーサンが、我知らず安堵《あんど》の息を漏らしながら言う。

セブンは魚に一応惹かれてはいるようだったが、興奮気味に見えるのがサバの美味のせいでないことは、誰の眼にも明らかだった。

「この子は、君とどこか似てるよ」ノアが、セブンを撫でながらイーサンを振り向く。

「うん？」

「食べたり休んだりするより、いっそ倒れるまで忙しく遊ぶ方が好きなんだ」

イーサンはニヤッとした。

「そういうめんどくさい動物の世話、君は得意だろ？」

第５章

夜のエンクロージャーの中で、セブンは夢を見ていた。

少なくとも、夢を見ていると思っていた。その、うとうととした気持ちのよさの中で、

……誰かが……誰かを、呼んでいる。

セブンは、はっとした。

エンクロージャーの湾に面したゲートの方へとすっ飛んでいき、格子の隙間に顔を寄せて外を窺う。

〔……クジラだっ〕

口先に格子の跡が付きそうなほど、ぎゅうぎゅう押し付けて聴き取ろうとした。

〔あれはきっと、女のザトウクジラさんだぞ〕

遠い声……夢の続きのような。

うっとりするような、あまりにも懐かしいそのひびき。

〔……クジラさぁん！〕

セブンは思い切り呼んでみた。クジラのアクセントを、せいいっぱい真似て。

〔ねえ、そこの、クジラのおばさああああああん！〕

ちょっと、あまり、うまくなかったかもしれない。まるでそのへんのちびっ子みたいな呼びかけになってしまった。もっともクジラなら、ちびっ子でも今のセブンより声は低いだろう。

〔よぉし〕

頭のてっぺんの孔《あな》に神経を集中し、いかにも信頼出来ますよという感じをつくりだすべく、めいっぱい重々しい声を出してみた。

〔そーこーの、ク・ジ・ラ・さ――――ん〕

二度も低音の大声を出し切り、気張り過ぎ、ふんばり過ぎて、目が回った。

しかし、その甲斐はあったようだ。

――おばさんとは何よー。

不満そうな、やはり低い声が、遠くから近付いてきた。

夜の湾に大きなザトウクジラの雌が静かに入り込んできたのを、セブンは感じ取った。

――……なあに、あんた。

エンクロージャーの百メートルほど手前で止まった。

〔うわあ……〕

物凄い迫力である。声の太さも、体の大きさも。セブンの三倍以上はありそうだ。
――あんた、クジラじゃ、ないじゃない。なんか変、と思ったのよ。
〔こ、こんばんは、クジラさん！〕
圧倒され、頭の孔をぱくぱくさせながら、セブンは挨拶した。
〔どちらから来られたんですか？〕
――北から来て、ちょっと回って、もう少し南へ行くとこよ。あんた、なんなの。シャチ？
〔はい、シャチです〕
――人間に捕まって、それから少し考えた。そこへ閉じ込められたってわけ？
〔はい〕
セブンは答え、それから少し考えた。初めて会う相手に信用してもらうためには、なるべく本当のことを言うのがだいじだと、もっと小さいころから学んできた。
〔でも、ここの人間たちは、みんな、僕に親切です〕
――ふうん。
クジラは無表情に応えた。
――あたしの母方の曽祖父の姉さんの玄孫《やしゃご》は、人間に殺されたけどね。そして、あたしの父方の従弟の奥さんの妹は、赤ん坊を三度も続けてシャチに殺されたわよ。

〔えっ〕

セブンはおどろき、それから慌てふためいた。

〔ぼ、僕、ええと、僕の家族は、クジラさんを殺したりしないです。ほんとです〕

──わかってるわよ、そんなこと。あんたはどうやら、魚食いのシャチのようだしね。

クジラはどっしりとした声で言い、それからふと、何かを思い出したような顔をした。

──シャチの世間じゃあ、クジラの言葉を喋るのが流行《はや》ってるわけ？

〔……えっ？〕

セブンはポカンとした。

〔なんのことですか？〕

──あたしがおととし産んだ子の父親のまたいとこの甥《おい》っ子《こ》が、おかしなシャチの娘の話をしていたのよ。水族館の、格子のはまった中で、外を見ながら時々クジラの言葉で独りごとを言っているんだってさ。

セブンは、危うく呼吸をするのを忘れるところだった。

いや、実際にほとんど忘れ、そのまま体が沈みかかった。

──もっとも、おっそろしく下手くそらしいけどね……でも、あたしたちの言葉には違いないって。

〔……それ……それ〕

驚愕のあまり、クジラの言葉が出てこない。
〔ど、ど……どこの、……〕
『スイゾクカン』がどういうところであるのかは、イルカのサムから教えてもらって、セブンも知っている。
——どこでかって？　この大きな海の、まぁるで反対側よ。世界の果てってやつね。
〔じゃ、じゃあ、その、あなたの、おとし産んだ子のお父さんのまたいとこの甥っ子さんは、どうして……〕
——あたしたちに、距離は関係ない。
クジラが無表情に答える。
——あたしたちの声は、すごく遠くまで届くからね。これだけ仲間がいれば、世界の果ての噂話だって、そのうち自然と耳に入って来るの。
〔エルだ〕
——える？
〔僕の、従姉のエルだよ、きっとそうだ……！　そうに決まってる！〕
セブンは無我夢中で叫んだ。
〔エルは、クジラの言葉を話せるんだよ！　す、少しだけど、僕が教えたの……まだ僕たちがうんと小さいころ、一緒にクジラさんたちのおしゃべりを聞いて……エルがそのあとで、自分にも教えてって言ってくれたから、僕、すごくうれしくなって、それから……少しずつ……！　ねえ、その子、なんて、なんて言ってたの！〕

——あんた、名前は。

〔セブ……ううん、カイ〕

——おやおや。じゃあ、あんたのことを呼んでたってわけか。『あたしはここにいる。カイ、あんたは？』ってね。

〔……………〕

セブンは、泣き出した。

クジラは黙って、彼の泣き方が静まるまで、ただそこにゆったりと浮かんでいた。

〔エ……、エルは、小さい時から、よく知らないところは嫌いなの。か、体がかゆくなっちゃうし、気持ちが悪くなるって……。人間に捕まってからいろんな〈たまり水〉に入れられたけど、ずっと、ずっと嫌がっていたんだよ〕

——あんたと一緒に捕まったの？

〔僕のせいなんだ。エルは何も悪くない。全部、僕のせいなんだ。僕が、魚獲りに夢中になってて、おばあちゃんの呼ぶ声に気が付かなかったの……。それで……網に囲まれて……エルは、僕の後を追いかけて飛び込んできたんだよ。僕のことが、心配で……〕

——ははあ。女によっちゃ、時たまそういうのがいるからね。

〔クジラさん〕

――さっきから、クジラクジラって、そう雑に一からげにしなさんな。あんたにはカイ、あたしには、イーヴって名前があるの。

〔……イーヴさん〕

セブンは、まだすすり泣いている。

〔お願いがあるんだ。エ、エルに……、伝えてもらえませんか？　僕は元気でここにいる……君のことをずうっとずうっと想《おも》ってるよ、って……。その言葉なら僕、あのころ、教えたんだ。エルも、きっと覚えてるから〕

クジラは、しばらく考え込んだ。

――まあ……、出来ないことはないかもね。

やがて、鷹揚な調子で言う。

――少し北に戻れば、わりと浅いところに〈サウンド・チャネル〉があるから。

〔〈サウンド・チャネル〉……？〕

――あたしたちの声がいっそう遠くまで伝わる、特別な層ってものが、海の中にはあるのよ。ちょうどいいあんばいに仲間が五頭くらい散らばってりゃだけど、あんたの伝言は、世界の果てだろうと、たぶんそのエルって娘に届きはするだろうね。

〔お、おねがいします〕

セブンは夢中で叫んだ。

〔おねがいします、イーヴさん！　僕、何かきっと、あなたへのお礼をかんがえて……〕

——あんたみたいなチビ助が、生意気言うんじゃないの。しかも、そんなとこに閉じ込められてるくせにさ。

クジラが、ふふんと笑う。

——いい？　これは、あんたのためにするお節介じゃないのよ。ここよりずっと酷《ひど》いとこにいるのに、あんたのことをまだ心配しているっていう、その娘っ子の心根に免じてのこと。そのことを、いい、チビ助さん。よぉく覚えておきなさいよ。

その日の美しい夜明けを、セブンはその後もずっと、いつまでも忘れることはなかった。

菫色《すみれいろ》の薄明がそっと世界を満たしてゆき、潮騒《しおさい》が呟きのように静まったその時刻、彼は遥《はる》かな谺《こだま》のような〈コール〉の轟《とどろ》きを——ことばではなく、かすかな震えのように——蒼い夢幻の彼方に感じ取った。

イーヴが呼びかけているのだった。

世界の最果てに向かって。

第6章

自分の研究室のドアを開けて足早に入りかけたイーサンは、茶色い巻毛の小さな頭がブック・カートの向こうでぴょこぴょこ動いているのを発見した。

「やあ」

白衣のポケットに両手を入れ、声をかける。

「君はだれ?」

そばかすだらけの顔が、カートの縁から彼の方を覗いた。七歳ほどと見える男児である。

「ここ、お兄さんの部屋?」

「そうだよ」

「いっつもグラノーラ・バーしか食べないの?」

口調に、幼い批判が籠っている。

「屑籠に、その包み紙っきゃないよ」

イーサンは、たった今買ってきたばかりのバーをかざして見せた。

「君も、早く大人になれるといいな。大人ってほんとにクールだぞ。自分の食べたいものだけ食べてても、誰にも文句を言われないんだ」

「ここ、ものすごくちらかってるねえ」

たまげたぜ、と言わんばかりに首を振っている。

「散らかってなんかいないよ。僕の頭の中には、この部屋のものすごく詳しい地図がちゃあんとあるんだぜ。だから君も、あんまり物の場所を変えないでね」

相手は、まさに学術誌の山を崩そうとしていた手を引っ込めた。

その時、イーサンの後ろから、茶色い巻毛の女性が伸び上がるようにして中を覗いてきた。所長の娘のローラだ。

「ケニー、ここにいたのね！　だめでしょう、勝手に先生たちのお部屋に入っちゃ……ごめんなさい、イーサン。カフェテリアに連れていって、振り向いたら、もういなかったの」

「大丈夫ですよ。この部屋はほとんど紙ばかりで、危険物はあまりないから」

「いらっしゃい、ケニー。おじいちゃまが呼んでいるわ」

母親に手をしっかり握られて男児が連れ去られると、イーサンは部屋の窓を開け、デスクのＰＣでセブンの午前中のデータをまとめ始めた。

微かな叫び声を聞いたような気がしたのは、十五分ほどしてからだった。何秒か聞き耳を立てる。エンクロージャーの方からだ、と気が付いた途端、窓に飛びついた。

曲がりくねった長い木製通路の先の方で、何か小さなものが動いている。囲いの中に落ちかけて手すりの杭《くい》の一本にひっかかり、宙吊りでもがいているようだ。水面では飛沫が上がっている。セブンとサムが驚いているのだ。

「……さっきの子だ」

警備室で、誰もモニターを見ていないのか？　イーサンは内線電話に飛びつき、飼育員室の方に警報を発した。それから廊下へ飛び出し、木製通路の方へと走っていった。

「たすけて《ヘルプ》ー！」

手足を必死にばたつかせながら、ケニーが叫んでいるのが聞こえる。シャチとイルカをもっと近くで見ようとして、エンクロージャー・エリアを囲む「立入禁止」と表示されたフェンスを、乗り越えるか潜《くぐ》るかして中へ入り込んだのだ。シャチたちを見やすい場所まで行き、そこの手すりにまたがろうとよじ登って、転落しかけたらしい。

「ケニー、動くんじゃない！　今行くから、じっとして！」走りながら、イーサンは叫んだ。

杭からぶらさがっている男児の方へと、セブンが背びれを立てて静かに泳ぎ寄ってきた。

サムは用心してか距離を置いているが、セブンの方はすっかり心を奪われているようだ。ケニーのばたつく足にほとんど触れそうなほど近付き、下から熱心に観察している。口がポカンと開いている。こんなに小さい人間を、今まで見たことがないのだ。

「ママ、たすけてぇ！　ママー！　こわいよ！　たすけてー！」シャチの鋭い歯が並んだ大口を足下に見せられて、ケニーは完全にパニック状態だった。

「……ケニー？」イーサンの後方で悲鳴が上がった。「大変！」

ローラと所長、ノアや他の飼育員たちが走ってくる。

「シャチが！　助けて！　シャチがあの子を！」

イーサンは手すりに飛びつき、身を乗り出してケニーの片腕を摑んだ。引っ掛かっていた服の裾を外してそのまま引っ張り上げる。追いついてきたノアに手助けされながら通路に抱え下ろしたところへ、ローラが飛びついてきた。

「ああ神様！　なんてことなの！　大丈夫？　怪我はない？」無我夢中で息子を抱きしめる。

「すまなかったな、イーサン。ありがとう」やっと追いついてきた所長が、激しく息を切らしながら言う。

「おうち《ホーム》へ帰る」母親にしがみついて、ケニーが泣いている。「もう、おうちへ帰る」

「ええ、そうね、もう家《ホーム》に帰りましょう――そしてホット・チョコレートを飲んで、べッドで休むのよ——お昼寝した後で、きっとパパが、一緒にゲームをしてくれるわ」

「このままだと、構成に必要なパーツが幾つも足りないと思わないか？」

その日の夕方、イーサンは研究室で、入所したばかりの研修生に論文指導をしていた。丸顔のぽっちゃりした彼女は、椅子に精一杯小さく腰かけ、緊張した面持ちでひっきりなしに頷いている。この研究所には、最初の指導担当にはイーサンを希望しろと先輩に言われてやって来る外部研修生が少なくなかったが、それは彼が優しい教官だからという理由では、多分、ない。

イーサンはひょろりとした優男で、声質が特徴的に甘く、年齢もたいてい実際より若く見られる。それだけに、特に女性の研修生は、第一印象と指導の結構なシビアさとのギャップに驚くようだ。

「いいかい、エレン。君の着眼点は悪くない。温暖化による海洋哺乳類のＰＤＶ曝露《ばくろ》のリスクは最近ホットなテーマでもあるしね。だがこれではそれがほとんど生かし切れてない。最初に、自分でオリジナルな仮説を、その全体のストーリーをきちんと構想して組み立てるんだ。それに説得力を持たせるための発想やエビデンスが不足している。例えば、どうしてこっちのパラグラフの二つの観測結果だけで、いきなりこの結論に飛躍するのか、これでは全然わからないよ」

「イーサン」

ドアがノックされ、ノアが顔を覗かせた。

「悪いんだけど、ちょっと早退していいかな？　チェイスが会社で階段から落ちたらしくて。今、連絡が……迎えに行かないと」

「もちろん、いいとも。彼、大丈夫なのか？」

「鎖骨を折ったみたいで、今病院にいるんだ。セブンや、この後のことは、副主任のテッドに一応言っておいたから」

「わかった。出来たらでいいが、後で連絡してくれ」

ノアが慌ただしく去り、宿題を山積みにされた研修生の方もいくらか目を泳がせながら去ると、イーサンはエンクロージャーまでセブンとサムの様子を見に行った。

ノアは毎日、日中のほとんどの時間を彼らの側で過ごしている。訓練の時間以外にも、自分の分刻みのスケジュールをやりくりしては一緒に泳ぎ、遊び、「いい子だね」「愛してるよ《ラヴ・ユー》」と話しかけている。最近ではセブンもサムも、ノアが単なる用事で通りかかった時でも、していた遊びを中断して近寄って来るようになったほどだ。彼の姿が見えなければ寂しかろうと思ったのだが、ほとんど暗くなった水面でどちらもまずまず落ち着いているのを見て、また建物に戻った。

「……まったく、もう！」

第二警備室の前を通りかかると、興奮した声が聞こえてきた。警備員のナタリーが、泣き出しそうな顔で電話を切っている。

「どうしたの？　何かトラブル？」イーサンはドアの隙間を軽く押し広げ、声をかけた。

「ドクタ……、イーサン」

管理部門のスタッフが博士《ドクター》と呼びかけると、イーサンが黙って子どものように口を尖《とが》らせてみせるので、彼らは皆いつの間にか彼をファーストネームで呼ぶようになっている。

「いえ、あの……、うちの近所の学生に、娘のベビーシッターを頼んでいたんですけど、今夜は予定が入ったからもう帰るって、いま突然言ってきて……。母が仕事を終えて来てくれるのは夜の十時なんです。どうしよう……」

ナタリーは三十代のシングル・マザーだ。主に夜勤のシフトをこなしながら、三歳の娘を育てている。

イーサンは腕時計を見た。そろそろ七時になるところだ。

「十時になってお母さんが家に来てくれれば、君はここへ戻って来られるの？　三、四時間くらいなら、僕がここにいてもいいけど」

「えっ？」

ナタリーは口を丸く開けた。

「ドクターが、こ、ここに？　ですか？」

イーサンがお約束のように下唇を突き出したので、ナタリーは慌てて言い直した。

「本当にいいんですか、イーサン？　こんなところに――」

「別に、何の問題もないと思うよ。エントランスの方の第一警備室にも夜勤スタッフは二人いるんだし。仕事の道具をここへ持ってくるから、ちょっとだけ待ってて」

＊

タブレットを八台の監視モニターと同時に視界に入るように置き、しばらく黙々と単純な書類仕事を片付けた。監視用の椅子は古かったが長時間座ることを前提に作られたものなので、座り心地はなかなかよろしい。コーヒー・メーカーも、体に悪そうなスナック類の籠も置かれ、小さな冷蔵庫もある。

だがそのうちに、ＰＣを使いたくなってきた。見回すと、補助机に業務用のノートＰＣが置いてある。開いて起《た》ち上げてみた。所内の共有パスワードで簡単にログイン出来る設定である。警備員らが日報か何かを作成するのに使っている一台なのだろう。

しかし、最初に現れたウィンドウは、一時停止されたテレビドラマの１シーンだった。

「……なんだ、こりゃ？」

警備員の誰かがどうやら仕事中に、全米で大人気のドラマシリーズのDVDを観《み》ていたようだ。いわゆる「いい場面」で動画が停止している。おそらく、夢中になって観ていたところへ、突然PCを閉じざるを得ない羽目にでもなったのだろう。

イーサンは、所長の孫のケニーがエンクロージャーに落ちかけた時のことを思い出した。なぜあの時、エンクロージャーに近い側の警備室でモニターを見ているはずの警備員が、子どもが立入禁止エリアに入り込むのに気付かなかったのか不思議だったのだが、どうやら原因はこれかもしれない。

「困りますねえ、こんなことじゃあ」

冷ややかに呟きながら、イーサンはすぐテキストを打ち始めた。このドラマなら、アンバーが一時期すっかり夢中になっていたので、彼女の部屋に行く度に付き合わされ、否応《いやおう》なしに全部観ているのだ。ストーリーはもちろん、最後のドンデン返しまで知っている。誰が実は裏切り者で誰が死に、誰と誰がカップルになり、ラストまで生き残るのは誰なのかもすべてわかっている。それを全部テキストにした。その最後に「新シーズン、第一話、危機一髪！　子どもがシャチの囲いに!?」と付け加えて、プリントした。その紙を挟み、ノートPCをパタリと閉じる。これを見れば、サボり屋の誰かさんも、少なくともこのドラマはもう続けて観る気をなくすだろう。

人に意地悪をするのは実に楽しいが、つい仕事を中断していた。再び自分のタブレットに目を戻した時——

スピーカーから、水音に混じり、まるで雑音のような声が聞こえた。

『……ヘェエエル！　ヘエエエルウウゥブ！』

「……セブン……？」

なぜシャチの名がまず浮かんだのか、わからない。確かに、監視カメラに集音マイクが付いているのは、エンクロージャーとケア用の屋内プールだけのはずではあるが——

（いま、なんて？）

八画面のモニターに目を走らせ、あれこれ考えるより早く立ち上がり、警備室を飛び出していた。行きがけに飼育員室のドアをドンドン叩いていく。

「テッド！　来てくれ、セブンが！」

出入口の脇に非常ベルがある。そのボタンを強く押し、そのまま外へ駆け出した。背後でベルが鳴り出すのを聞きながら木製の通路を走っていくと、エンクロージャーの端の方で、闇にも白く飛沫が上がっている。

棒のように突っ張って動かないサムの下に入り込み、セブンが必死にその体を水面へと押し上げようともがいている。

「サム！」

　イーサンは叫んだ。

「セブン、頑張れ！」

「ヘエルウゥブ……」

　キイキイ声に混じり、はっきりと異質なアクセントが再びイーサンの耳に飛び込んできた。

「ヘエルプ……」

「イーサン、だめです！」

　後方から飼育員の叫び声が聞こえた。副主任のテッドだ。

「シャチに近付かないで！」

　建物から走り出てくる何人かに「照明を点《つ》けろ」と怒鳴っている。

　イーサンは白衣を脱ぎ捨てた。眼鏡をその上へ放り、水面へと飛び込む。

　ガツン、と全身にショックが来るほど水が冷たかった。本能が瞬時に「逃げろ」と命じる。この州の海は水温が一年を通じてかなり低い。真夏でも裸で海水浴をする人間はいない。

　イーサンはもがいているシャチとイルカに泳ぎ寄った。左腕を上に伸ばして通路の板を掴み、サムの頭部を右腕で確保しようとする。イルカは頭の上の孔で息をする。口は肺に繋がっていないから、口だけが空気中に出ても意味はない。そして、カマイルカの潜水可能時間はほんの数分でしかない。

頭部に下から腕を回して呼吸孔を水面まで持ち上げようとしたが、焦るセブンがサムの全身を下からリフトしてやろうと暴れているので、動きが上下左右に激しく、触り続けることさえ容易でなかった。セブンの巨体とぶつかり、何度も板から手が外れた。冷た過ぎる水飛沫が頭からザブザブとかかって自分まで窒息しそうだった。通路を支える杭の横木に片足をかけて何とか息を整え、もう一度腕を思い切り伸ばす。セブンが自分の息継ぎのために何秒かサムから離れた、その瞬間にイルカの頭部を捕まえた。すぐに沈みかかるサムの体が、腕が抜けそうなほど重い。板にかかる凍えた手がほとんど外れかけた。瞬間、下からジャッキのようにぐっと持ち上げ出す、信じられないほどの力を感じた。セブンが再び潜っている。

セブンは状況を読んだようだ。もう闇雲にもがいてイーサンの体にぶつかってくるようなことはなく、同じ位置で同じ姿勢を保ちながら、サムをまっすぐ上へと押し上げ始めた。

「……がんばれ、セブン、その調子……」イーサンは言おうとしたが、口が強張《こわば》り歯の根が合わず、ろくすっぽ声が出ない。

突然、水面に幾つもの白く激しい光が爆発するように散乱した。通路の照明とサーチライトが全部点灯している。

「イーサン！」

テッドたちが大急ぎでボートを漕《こ》ぎ寄せてきた。

＊

「サムが強くジャンプして、あのカウリング型の人工ひれが壊れたんだ。そのショックで彼氏、体が硬直しちゃったんじゃないかな」

ノアが言った。

朝の光が差し込む飼育員室で、イーサンと彼はコーヒーを飲んでいる。

「ジャンプ？」

イーサンはくしゃみをした。

「……跳ねただけで、壊れたのか」

「サムはもう若くはないだろ。ジャンプみたいな激しい運動はしないという前提で造られていたみたいなんだ。たぶん、退屈してセブンと遊んでいるうちに自分まで若い気分になって、ついはしゃいじゃったんだろうね。セブンが助けなかったら、そのまま沈んで溺死していたかも」

確かに、尾びれにはジャンプ前のキックで一トン近い力がかかる。

「それと、君が気付いて駆け付けるのが遅れていたら……」

手元にあったティッシュの箱を差し出す。

「完全に風邪だね。本当に大丈夫かい？」

「風邪より、筋肉痛が辛《つら》い」

ティッシュを取り、洟《はな》をかんだ。

「海中とはいえ、体重二百キロのイルカを片腕で支えようとすりゃあね」

「ほとんどはセブンがやっていたよ。ご存じの通り、僕は腕力派じゃない。……ノア」

ティッシュを丸めて屑籠に放る。

「セブンが、喋った」

「え？」

「英語の単語を喋った。助けて《ヘルプ》、と僕の耳には聞こえる単語を。そして彼は明らかに、その意味を理解していた」

ノアは黒い目を丸くして、じっと見返している。

「所長の孫息子が、エンクロージャーの中に落ちかけただろ。あの時に、『助けて』と連呼すれば皆が来てくれると、セブンは知ったんだと思う」

「……録音は？」

「あるよ」

イーサンは言ったが、ノアがすぐに警備室へ行こうとして立ち上がりかけたので、続けた。

「監視機材の録音記録は、今は無い。僕が、コピーを取った後で音声を削除したから」

「削除？　どうして？」

「今の時点では、他の連中にはまだ知られない方がいいと思ったからだよ。あのセブンは研究目的でここで飼育されているわけじゃない。『人間の言葉を、意味を理解した上で話すシャチ』であるということがもし下手に知れたら、どういう騒ぎになるか君にも想像がつくだろ。今のセブンには、そんなことは余計な話だ。きっと彼の負担が大きくなり過ぎる」

ノアは立ったまま、イーサンの静かな顔をじっと見ている。「君は、それでいいの？」

「…………」

「僕は、あのセブンの単なる世話係に過ぎない。だけど、君は違うだろ。本来動物の研究者だ」

イーサンは小さく肩をすくめてみせた。

「所長にだけは報告する。僕自身も、知りたいともちろん心から思ってはいるよ、彼というシャチの謎を。だが、今以上に苦しめたいとは思わない」

セブンという、シャチの謎——

動物の中には、もともと他の種の動物の声を真似る能力を備えたものがいる。一般によく知られているのは、オウムや九官鳥といった一部の鳥類だろう。特にオウムはその元々の体のつくりから、人間が声に出した言葉をその通りに繰り返して発声することが出来る。適切な訓練を行えば百を軽く超える語彙を覚えられるし、「同じ」「違う」「大きい」「小さい」といった概念を理解し、それを組み合わせて人間と会話をし、質問に答え、数を数え、しかもゼロの概念までも理解し得るという、（人間が受ける印象としては）驚異的な能力を持っている。

しかし、他種とのコミュニケーションを図れる能力という点で期待が持てるのは、別に鳥たちに限った話ではない。哺乳類において、現在のところ「少なくとも、新しい音を作り出す方法を学ぶ能力がある」ことがわかっているのは、人間、コウモリ、ゾウ、アザラシ、クジラの五種だ。

動物園などで飼育されているゾウの中には、人間の言葉を使いだす個体が稀《まれ》に現れる。カザフスタンのゾウ、バティルは、二十を超える文を覚え、「バティルは、じょうず」などとお喋りをした。韓国のゾウのコシクは、意味の理解度は曖昧ながら、少なくとも韓国人に聞き取れる韓国語を発音する。同居しているゾウと話す時はゾウ語を使い、周囲の人間たちと交流する時は韓国語を鼻から発するのである。

鯨類であるイルカについて言うなら、例えば訓練の中で単語の記号と意味とを学習させると、彼らはやがて、文章の中でそれらの位置が入れ替われば全体の意味も変わる、といったことまで理解するようになる。バンドウイルカは人間の声に近い音を発するのがあまり得意ではないが、イルカの中で歌がうまいことで知られる〈海のカナリア〉ことシロイルカとなると、抑揚ある鳴音を出すのに向いたその身体構造のためか、人の名前や「おはよう」といった簡単な単語をかなりうまく発音することが出来る。

そして、シャチ――

最近になって、訓練により「史上初めて」人間の言葉を発するようになったシャチについての研究成果が、スペインの大学チームにより発表された。フランスの水族館で飼育されているその驚異の雌シャチは、人間から新しい単語を聞かされると、早い時には二、三回でそれを習得してみせたという。そうした音声の模倣に対して毎回魚が与えられていたわけではないから、彼女自身にとってもその「真似っこ」が楽しい刺激であったという可能性は高い。

だがそれでもそのシャチは、少なくともまだ、トレーナーの発する言葉を熱心に、しかし単純に真似していただけだ。教えられた「ハロー」や「バイバイ」という言葉の意味を、真に理解して発声していたわけではないのである。

（あのセブンが、あのタイミングで発した叫びとは、まったく意味が違う）

所内の会議に出ながら、研修生の論文を添削しながら、実験データのグラフを作りながら、イーサンの中で、昨晩の驚愕の余波はなかなか消え去っていこうとしなかった。

自分はいったい、なにを目撃しようとしているのだろうか？

イーサンの持ち込んだ報告に、所長はもちろん驚き、強い関心を示した。

しかし、所長室で二人向かい合い、音声記録を共に繰り返し聴き、イーサンの話を詳細に最後まで聴いた後で、この小柄な老研究者は「この件の扱いは、引き続き君の判断に任せるよ、イーサン」と、例によってのんびりと告げただけだった。

「……いいんですか？」

「ああ、構わんとも」

「所長もご存じのように、シャチの認知特性や概念形成といった分野については、イルカのようには研究が進んでいません」

本来の専門は海洋物理学である相手に、イーサンが言葉を続ける。

「僕の判断を支持してくださるということは、この研究所にとっても、一つの歴史的ブレイクスルーのチャンスをあえて見逃すということにもなります」

「………」

その種や個体の認知、相互のコミュニケーション方法といった難度の高い研究を行う対象として、シャチという種は向いているとは言えない。入手や対応が困難な大型動物であり、飼育下にある個体数も当然少ないので、被験体の確保が難しいという点がまずある。自然界において、彼らが極めて知的で複雑な行動を種々見せていることは広く知られる一方、そのベースとなる知能や感覚に関する解析は、いまだ十分には進んでいない。

イーサンの真剣な視線を受けながら、〈ニコラウスさん〉は椅子からよいしょと立ち上がった。サイドボードのコーヒー・ポットを取り、デスクと向かい合う椅子に座っているイーサンの手のカップに、先に注ぎ足してくれる。イーサンが何度かくしゃみをしたので、まだ寒気がしていると察したのだろう。

「……あのシャチをセブンと名付けた理由を、もう話していたかな?」

「子どもの頃に飼っていらした犬の名前だと」

「そうだ。町一番の、まったくもって不細工な犬だったよ。片方の耳が半分、ギザギザに食いちぎられていてな。だが当時の私には、最も大切な友達だった。毎晩一緒に寝たもんだ。母親は『汚い』とうんざりしていたがね。その犬を、私はジステンパーで死なせてしまった。ワクチンが必要だったのだということさえ、あの頃の……十歳だった私は知らなかったのだ。実に苦しい死に方をさせたんだと、ずっと後になってからようやく理解したよ」

カップを手に、そのまま大きな窓の方へと寄っていく。その彼のゆっくりした動きを、イーサンは黙って見ていた。

「だからこれは、単なる私の個人的感傷というわけだ。あの仔シャチにとっての厄介事がこれ以上一つも増えず、我々がこのまま運に恵まれて、〈セブン〉を本当に北の海に帰してやれる日が来たとしたら、だ。私の中に何十年と居座っている何か妙なものが、ちっとは楽になるんじゃないか、という気がしているんだよ。まあ、科学者の端くれらしからぬ、ただの老いぼれの願望だということはわかっとる。だが、それこそ何十年、どんな有望な研究に何度必死に打ち込んでも、たまに幾度かその成果を人から褒められることがあっても、この胸の中の妙なものは結局何も変わりはしなかった。ずっとそこにあって、どうしても消えてはくれなんだ」

イーサンは椅子を立った。自分も窓に歩み寄り、所長の隣に立つ。

「……そのセブンの後、他の犬は飼わなかったんですか？」

「飼おう、とは何度も思ったのだ。本当さ。だが、あの犬以上に不細工なやつを、いまだに見つけられんのだよ」

二人は、そのまましばらく黙ってコーヒーを飲みながら、眼下に広がるエンクロージャーを眺めていた。

エンクロージャーは、A、B、C、Dの四つのエリアで構成されている。訓練のメニューや設備点検などの都合で一部が閉じられることはあるが、通常セブンはその四エリアすべてを自由に回遊することが出来る。予定では、今日もそのはずだ。

だが、三階の所長室から見下ろしていると、セブンの背びれは終始、一番狭いCエリアの中をうろうろしているだけのようだった。

「何かが気になっているようだな」

所長が呟く。

「たぶん、あそこに屋内移動用水路の入口があるからですよ」

イーサンが応える。

「イルカのサムがあそこからケア用プールへ運ばれていったから、同じ水路を通って彼が戻ってくると思って、待っているんでしょう」

「だがサムはもう、とっくに水族館へ出発してるんだろう?」

「ええ」

水面に近い低いステージで、ウェットスーツ姿のノアが座り込み、そのセブンの様子を静かに観察しているのが見える。

やがて、セブンがとうとう、ソワソワと泳ぎ回るのを止めた。屋内行きの水路のゲートのすぐ前にじっと浮かび、そのまま動かなくなった。

所長とイーサンは、黙ったまま上から見ていた。

ノアが、立ち上がった。するっと水の中に滑り込み、ゆっくり抜き手を切ってセブンの方へと泳いでゆく。シャチの頭の方へ回り込むと、その顔を覗いた。

そしてシャチの頭に両腕を回し、自分の顔を寄せながら、大きく抱きかかえた。

*

風に乱れる雲間から弱い陽射《ひざ》しが零《こぼ》れてきて、エンクロージャーの冷ややかな水面でちらちらと躍っている。

「サムはここにはいないけど、サムはもう大丈夫だからね、セブン」

木製の通路にしゃがみこみ、イーサンは話しかけていた。

「セブンのおかげだ。あんなふうに、助けて、ってよく呼べたな。本当にえらかったぞ」

セブンは水面から顔を出し、彼の方を見上げている。

「僕の名前を呼べるかい？」

イーサンは、自分の顔を指さしてみた。

「イーサン、だ。イーサン。イー、サ……」

くしゃみが一つ出た。続けて、もう一つ。

セブンは面食らったようだった。人間のくしゃみを見たことがないのかもしれない。それから、まるで何かを感じ取ったかのように、さらに体を伸ばしてイーサンの方へ近付こうとした。

イーサンは、シャチの顔をじっと見つめた。セブンが自分からここまで接近しようとした人間は――アクシデントで近付いたケニーは別にして――今までノアだけだ。どんな動物も、鳥も魚も、あのノアには警戒心を持たない。

キュウ、とセブンが鳴いた。

イーサンは手を伸ばした。通路の板を摑み、身を乗り出して、セブンに触れた。ゴムのような感触の滑らかな顔を、指を広げた掌で静かに撫でた。

「キュウ？」

再びセブンが小さく鳴いた。

「ああ、大丈夫だよ」

自然に、言葉が出た。

「サムも、僕も、元気だからね……」

セブンが、彼の手に下から頭を押し付けてきた。何度も、何度も。

「いいんだ、セブン。サムを助けたのはおまえ自身なんだよ。この僕に、お礼なんか言わなくっていいんだ」

「……イー」

セブンが鳴いた。

「……サ……」

イーサンは、手の動きを止めた。

「――イーサン！」

同じトーンの高い声ではっきりと呼ばれ、思わずぎくっとなった。振り向くと、エンクロージャーの通路を、風に髪を乱されながらアンバーが歩いて来る。

「やあ、アンバー」

何とか平静を装って声を返し、上体を引き上げる。

「今日は仕事じゃないの？」

「休みを取ったわ。私の彼氏はものすごい働きバチで、ずっと会いに来てくれないから」

近付きながら、アンバーが水面の方を覗いて手を振った。

「こんにちは、セブン」

セブンは、イーサンよりも珍しい人物の方へとすぐに注意を移したようだ。彼女の揺れる長い髪を少しのあいだ目で追っていたが、やがて自分も頭を左右に小さく揺らし出した。

「ふふ、可愛い」

アンバーが笑う。

「ところで、ゆうべは大変だったそうね」

「イルカのサムは、尾びれが完全に壊れちゃったんで、前に世話になった水族館に今朝がた運ばれていったよ。新しいのを造ってもらう……」

イーサンがまたくしゃみをした。

「あなた、ひどい顔してる」

アンバーが驚き、急いで隣に屈み込む。

「今そこでノアに聞いたけど、シャツ一枚で水に飛び込んだんですって？　……いやだ、熱があるじゃないの。こんな風の中にいたらだめよ。ふらついて、また落ちでもしたらどうする気」

「セブンの方が元気がないんだよ。親友のイルカが急にいなくなっちゃったんだから、無理もないけど」

「せめて今くらい自分の心配をしなさい、しようのない人ね。もういい大人でしょ」

「怒らないで。キスして、アンバー？　それで風邪が治る」

自分の額を指す。

「今日は、ここに。うつるから」

アンバーは相手の顔を眺めた。腕を回して抱きしめ、熱を帯びた唇に優しくキスする。

彼女の黒い髪が風に踊り、イーサンの頬にも振りかかった。

「……本当に、風が強くなってきた」

「低気圧が近いの」

海軍情報局勤務のアンバーが言う。

「〈パイナップル・エクスプレス〉が、早くも来るようよ。今年の天気は確かに変ね」

〈パイナップル・エクスプレス〉というのは正式な気象用語ではない。ハワイ周辺の海域で発生した暖かく湿った大気が北米の沿岸に到達し、激しい雨や強風などを引き起こす秋冬の現象を指して使われる、いわば通称である。

「どの程度荒れるのかな。セブンの訓練も、そろそろ不安定な海況でやってみないといけない頃合いなんだ」

「あなたはもう建物に入って、いい子にして何か温かいものを飲むの」

アンバーがきっぱりと言う。

「私も飲みながら、解説してあげるわ」

イーサンの手を握り、立ち上がらせる。

寄り添い立つ二人を、水面からセブンがずっと見ている。

「セブン、イーサンはまた後で来るからね」

イーサンは自分の顔を指して言ったが、アンバーの視線を感じ、付け加えた。

「……アンバーと何か飲んで、もっと厚着をしてから」

手を繋いだまま、二人は通路を歩き出した。エンクロージャー・エリアの外へと出かけた時、アンバーがふと立ち止まった。背後を振り返る。

「どうした？」

「誰かに、名前を呼ばれたような気がしたの」

風の中で、アンバーは辺りをぐるりと見渡した。

「小さい……、可愛らしい声で」

「……ふうん？」

「空耳かしら。誰もいないわよね」

「アンバー？」

イーサンが、わざと可愛い声で呼んでみせる。

アンバーは目を丸くして振り向いた。相手のその六歳児のような笑顔に、しげしげと見入る。

「ほんとうに、あざとさが服着て歩いてるような男ね……」呆れたように言った。

「君の考えるあざとさって、全裸なんだ？」

「そしてどうやら、本気で鼻を折られたいらしいわ」


風邪の寒気はなかなか去らなかった。

イーサンが洟をかみ過ぎて鼻先を赤くしているのを見て、同情した所長秘書のおばさまが、親切にも家で素晴らしいチキン・スープを作ってきてくれた。彼の夕食がそれだと知ったアンバーが、「私も作ってあげる」と電話で息巻いていたが、それについてはあまり期待はするまい。彼女の料理の腕は、イーサン自身とどっこいどっこいなのだ。二人とも、フライパンを焦げ付かせてそのまま捨てた経験が少なくとも二回ずつあることを、既に打ち明け合っている。「野戦料理なら得意よ」とアンバーは言うのだが、それは配給のレーションの封を開けることと、何か違うのだろうか。

（……それに引きかえ）

あんなに素敵で優しく可愛らしい彼女たちと違い、まったくこのオヤジの厭《いや》らしさときたら、たまんねえな、とイーサンは思った。サムの身代わりに、ちょっと海底に沈めてみたくなる。体の節々が痛い、今日のような日には特に。

『既にこの件には、多額の資金を投入している』

電話の向こうで、そのソーバーグは話し続けている。

『訓練は順調だと君から報告を受けたから、シャチを運ぶ輸送機の手配もし、船の改造工事も進行中だ。各方面へ根回しも進んでいる。君はとにかくシャチがキャニスターを発見し、一〇〇%確実に戻ってくるように、徹底的に仕込んでくれたまえ』

「我々は一〇〇%の努力をしていますよ」

イーサンはスマホを手に椅子を回し、未整理の論文雑誌の山の上からマグカップを取った。既に乾いたコーヒーが底にこびりついているだけなのを見て、また置き直す。

『結構。うちのコーギー犬でも、投げたボールを一〇〇%拾って私のところまで運んで来るよ。その辺の犬に出来ることが、財布をはたいて買ったシャチに出来ないとは、あまり考えたくはないね』

「少なくともあのセブンには、僕らと同じ程度の頭があります。あなた方から提示された形状通りの小さな物体を、水深二百メートル、初めて行かされた暗くてだだっ広い海底で、ひとりできっと一所懸命に探し回るでしょう。今言えるのは、それだけですよ」

『動物のあれこれを擬人化して感傷的に考えるのは、あまり科学的な態度とは言えないのではないかね』

「確かに。二十世紀においてはそうでした。しかし今では、擬人観は動物をより理解するための方法として広く使われているんです。人間も動物も、脳を含め、同じ生物学的遺産によって成り立っているわけですからね。別にそれは、科学的根拠のない考え方ではないんですよ」

『科学的根拠、か』

ソーバーグは鼻を鳴らした。

『それを言うなら、彼の行動の精度を科学的にもっと上げる方法についても、君なら知っていると思っていたんだがね』

「何のことです。そもそも、これが賭けのようなミッションであることは、最初からお互い合意の上だったはずでは？」

『その通りだ。だがいいかね、正確に言わせてもらえば、これは最初から、絶対に、絶対に勝たなくてはならない賭けなんだ、イーサン』

ソーバーグは、噛《か》んで含めるような口調になった。

『君は、伝統ある海洋研究所の主任研究員だ。気候の温暖化がこの星の海に、動物たちに既にどれだけ深刻な影響を及ぼしているか、専門家の立場でよくわかっているはずだ。その危機を救えるかもしれないキャニスターが海に落ちた時、荒海で遭難中だった研究者たちがどれほど落胆し、今もどれほど責任を感じて苦しんでいるかも、同じアカデミアに生きる人間として容易に想像がつくはずだ。率直に言おう、イーサン。私はもうこれ以上、君のふわふわした言い訳なんぞ聞かされていたくはないんだよ』

訓練は既に、セブンに湾の中でキャニスターを探させる、という段階に移っていた。エンクロージャーで帰りを待つサムは既にいなかったが、セブンは明らかにノアに愛情を、そしてイーサンには信頼を置くようになっており、その肯定的な感情が彼の行動をコントロールしているのは確かだった。セブンにとって、親愛の情を互いに抱いているると心から信じられるのは、もはやこの二人の人間しかいなかったのだ。彼は二人が乗るサポート・ボートの存在を常に意識していたし、指示を受けないうちに勝手に遠くへ離れていくようなことはほとんどなくなった。

湾の海底は傾斜もあったがほぼ平坦《へいたん》であり、ひらけた砂地も多かったので、セブンにとって探索はそれほど困難ではないはずだった。しかしエンクロージャーの中の練習とは比較にならないほど範囲が広いためか、最初の数回は目的の物を見つけられず、「本当にあるの？」という顔でボートまで戻ってきたりもした。それでもノアに励まされて再挑戦すると、二度目にはたいてい成功し、発見のスピードもたちまち上がり出した。ピックアップの平均タイムは六分を切り、湾内で範囲を最大に広げた場合でも十分以内にコンプリートするようになった。途中で息継ぎに浮上することもなく、百メートル近い深度にも特に難色も示さず「宝探し」に出かけてゆく。もっともそれは、セブンが単にこの湾の中の地形をもう覚えてしまったからだという可能性もあろう。

「外海に、何ヶ所か沈没船のポイントがある」

イーサンはノアと相談した。

「〈パイナップル・エクスプレス〉が来て、明日には波がかなり荒れ出す。セブンにはまだハードルが高いだろうが、海況がよくない中での探索というパターンも、現地に行く前にどうしても経験させておく必要がある。彼に、明日、外海でのトライをさせられると思うかい?」

「出来ると思うよ」

ノアは素直に答えた。

「今回の程度の嵐なら。というか、彼らはサーフィンが大好きだから、むしろそっちが心配かな」

イーサンは所長に報告し、研究所の所有する調査船の一隻について使用許可を得た。人間たちも波で相当揺さぶられはするだろうが、最新の気象情報によれば、船の操舵が不可能になるというレベルの波浪ではない。

訓練エリアとして想定出来る範囲内だけでも沈没船は十隻以上確認されている。しかしイーサンは、この十年以内に沈んだ船、しかも漁船だけにターゲットを絞ることにした。

前もって飼育員が二人、モーターボートで出かけていき、四年前に沈没した船の船体近くにキャニスターが一つ沈められた。

カウント・ダウン、残り三十三日。

＊

「行くよ、セブン」

調査船のデッキから、ノアが風の中で両手をメガホンにして叫び、笛を吹いた。

いつもの小さなサポート・ボートではなく、その何倍も大きな船のいきなりの出現に、セブンは最初、水面でポカンと口を開けていた。しかしノアとイーサンが揃って自分の方を見下ろしているのを確かめると、初めての船と並んで、いつもと同じように時々魚を投げてもらいながら泳ぎ出した。

湾の口から外へと進んでいくうちに――セブンは明らかに興奮し始めた。

湾内の平穏さというのは、そこに留まっている間は気が付かない。

外海は、まったくの別世界だった。

幾層もの雲が不穏に乱れる彼方から果てしなく押し寄せてくる波は、黒く、大きく、途方もない力に満ちている。それはまるで天なるものに向かって放たれるカンタータの如《ごと》く遥かな轟きを伴い、この若いシャチが生まれた遠い世界とこの海とが、まさにひとつに繋がっていることを教える、何ものかの巨大な拍動を帯びているようだった。

セブンがつと、船を離れ出した。

イーサンははっとして双眼鏡を目に当てたが、ノアがその腕を軽く摑み、大丈夫、と無言で教えた。

波、波、波。

それを掠めて、セブンが跳んだ。沈み、盛り上がる海面のスロープを切り裂いて、再び跳んだ。その鋭角の背びれが霧のような飛沫の中を横切ったかと思うと、荒々しくも豊饒《ほうじょう》なうねりへと抱き込まれ、またもや現れて、宙へと躍った。

イーサンとノアは揺れるデッキの上でただ言葉を失い、その荘厳としか言いようのないモノクロームの絶景を眺めていた。

「……帰してやろうな、彼を。ロシアの海に」

イーサンが呟いた。

「うん」

ノアは静かに笑っている。

「ああ、あのセブンの姿を、チェイスにも見せたいよ」

その時、セブンが今度は宙で体を捻り、背面から激しく波間へと落ちた。

「あっ」

イーサンは思わず声を出した。

セブンは出発前に、背びれの後ろに衛星タグを付けられている。再びシャチが浮上するのを待って、イーサンはモニターを見ている運用チームのスタッフを振り向いた。

「ずっと受信出来ているかい？」

「いや。急に反応が途切れましたね」

「さっきの背面落ちで、タグが取れちまったかな」

イーサンとノアはすぐさま双眼鏡を目に押し当て、離れた海面で遊び続けるセブンの姿を追おうとした。

「……あ、向こうにクジラがいる」背後で、飼育員の一人が言っている。「……うっわあ、すげえブリーチング……」

クジラのブリーチング見物どころではない。イーサンはセブンの背びれを完全に見失い、双眼鏡を離して、肉眼で周辺を見渡した。

「ノア、見えてるか？」

「見えない」

ノアの声が真剣になっている。

「ずっと潜ったままだと思う。急に、どうしたんだろう」

「みんな、セブンを見つけてくれ！」

イーサンは背後に叫んだ。スタッフがそれぞれの作業を中断し、ばらばらと船べりへ駆け寄る。

「どこかで浮上したとしても、この波風じゃ笛の音波は届かないよ」ノアが心配そうに言う。「遊びに夢中になって離れて行き過ぎて、迷子にならないといいけど……」

イーサンは相手の腕を軽く叩いた。

「セブンのことだ、すぐ戻るよ。腹だって、まだ減ってるはずだろ」

そのまま、十五分が経過した。

海面のうねりは刻一刻と強まり、風が吹き上げる飛沫のために、船べりでは目を大きく見開いていることも困難になり始めた。

シャチの背びれは、波濤《はとう》に隠されてのことなのか、全員が必死に見回し続けてもどこにも見当たらない。

「イーサン」

さらに一時間がむなしく過ぎ、船長を務める運用チームの主任が近付いてきて声をかけた。

「そろそろ、いったん引き揚げることを考えた方がいい。前線が予報より少し動きを変えてきた。船が一〇〇%安全に戻ることを優先するなら……」

ノアが、はっとしたようにイーサンの顔を見た。すがるような眼をしている。

イーサンは、じっと相手を見つめ返した。

「戻ろう」

淡々と、彼は言った。

「エンジン音が上がれば、それがセブンに届くかもしれない。そうすれば、僕らが移動しようとしていると彼が気付く可能性もある」

電話の向こうで、ソーバーグはしばし愕然としていた。

このおっさんでも絶句するっていうことがあるんだな、とイーサンは考えた。

『……行方不明？』

ようやく、まるで〈パイナップル・エクスプレス〉が最初に送り込んでくる不穏な波《なみ》頭《がしら》のように、好意の欠片《かけら》もない声が聞こえてきた。

『いったい、それはどういうことだね。シャチがサポート船から勝手に離れることはなくなったと言っていたのは、イーサン、君なんだぞ』

「レポートに、なくなった、とは書いていません。可能性は低まったと思われる、と書いてお送りしたはずです」

『言葉遊びなんぞどうでもいい、タグが取れたからだと言ったが、シャチの居場所を知る方法はそれ以外にないのか？　例えばドローンを使って、空から広範囲の捜索は出来ないのか？　必要ならば機材と専門のオペレーターをすぐに送る』

「あと一日半ほどすれば、それも可能かもしれません。こちらの沿岸ではまだしばらく風が強く残りそうなので、小型の飛翔《ひしょう》体の操縦は無理だと思います。夜が明けたら、もう一度船を出す予定ですよ。うちの運用チームは一流の船乗り揃いで目がいい。シャチが水面にいさえすれば、見つけられるでしょう」

『シャチが自分で戻って来る可能性は？　犬や馬はそうするだろう』

「我々もそれを強く願っています。とにかく、打つべき手はすべて打ちますから、その点についてだけはご心配なく」

電話を切り、イーサンは我知らず溜息をついた。

デスクのPCモニターの片隅に、飼育員室に置いている日めくりと同じデザインの、残日数のカウンターを表示させてある。

それが示していた「32」が、ただ見ているうちに音もなく「31」へと変わった。

（…………）

椅子からゆっくり立ち上がり、凝り固まった肩を回しながら窓辺に寄ってみる。

夜の雨風の中で、エンクロージャーの周囲に点在する照明の白い光が滲《にじ》んでいる。外海に置き去りにしてきたセブンの、もしや道しるべになるのではと、ノアが点灯させているのだ。

その光の端にかかるように、通路の突端に立つ灰色の影を見たような気がして、イーサンは窓を開けた。たちまち吹き込む風に髪を煽られながら、やや身を乗り出す。

（……ノア）

＊

びしゃびしゃと煩《うるさ》くフードに当たる雨音を聞きながら、通路の先まで小走りに行った。

同じく防水コートを着たノアは、しかし頭からフードを外している。額にかかる黒い前髪からひっきりなしに雫《しずく》が落ちている。コートの中まで水が流れ込み、ほとんどずぶ濡れのように見えた。

「風邪をひくぞ、ノア」

イーサンは相手のフードを被《かぶ》せ直そうとした。

「朝には早くから船を出すんだ。もう、今夜はお互いに休もう。僕がチェイスに電話して、迎えに来てもらおうか？」

「……置いてきちゃった」

顔をくしゃくしゃにして、ノアは泣いている。

「あんなふうに、外に連れ出したっきりで……」

「ノア」

「僕に、見捨てられたと思ったかも」

拳で口許を押さえたが、激しく嗚咽《おえつ》が漏れ出した。

「馬鹿だな、何言ってんだよ」

「まだ、ほんの子どもなのに。きっと驚いて、怯えたに違いないよ。……せっかく信じてくれるようになったのに。調査船だって、初めてだったのに、僕らがいたから、あ、あんなふうに、素直についてきてくれたんだ。なのに、は、初めての海で、あの子をただ置き去りにしてきちゃった……」

「ノア」

イーサンは相手の肩を摑み、揺さぶった。

「君が辛いのはわかる。だが、きっと大丈夫だよ。外海は元々彼のいた世界なんだ。全身全霊で喜んでるあの姿を一緒に見ただろう？　君が今思ってしまっているほど、ひどい場所に取り残してきたってわけじゃない」

「………」

「彼はわかっているよ、君や僕らが、どこかへ行ってしまったわけじゃなく、ただ家に戻っただけなんだってことを。そして彼にも、戻る道はわかるはずだ。陸地へ近付いてくれば研究所の建物の灯《あか》りが見える。彼にとっても見慣れた灯りだよ。もっと近付けば、このエンクロージャーの灯りも見えてくる。君にまた会えるんだと、あのセブンには必ずわかるよ」
ノアは、黙りこんだ。そのまま力なく首を垂れる。
イーサンは彼の背に腕を回した。
二人は並んで、打ち付ける雨の中を建物の方へと戻り始めた。

第7章

その日の始まりは、素晴らしかった。

天気は荒れ模様で、海中もいつもよりひどく濁っていたが、そんなことは何でもない。初めて見る大きな船に導かれ、湾のその更に外へと出ていけるのだということに気付いた瞬間、セブンは目が回りそうなほどの興奮が全身に、それこそ尾びれの先まで爆発的に湧き起こるのを感じた。

深い。広い！

〔すごい！〕

波！　いつもの小波なんかとは比べものにならない、夢のような大波！

〔すごいぞー！　わあああああ！〕

文字通り狂喜乱舞で波間を跳ねまわっていると、突然何かの振動が遠くから渡ってきた。

——おーい。

その振動が、呼んでいる。
——おおーい、そこのチビ助さんてばー。
〔あっ〕
セブンは、別の意味で飛び上がった。
〔イーヴさんだ！〕
すぐさま海中に潜り、夢中ですっ飛んでいく。
〔イーヴさん、こんにちはー！〕
——どこ見て言ってんのよう。
しかしクジラの方は、なぜかいくらか気分を害したようだ。
——あたしはイーヴじゃないわよ、従妹《いとこ》のエーヴ。ほらぁ、ここ、下顎のこぶが、彼女よりずっと若々しくて、綺麗《きれい》に整ってるでしょ。よく見なさいよ。
〔ご、ごめんなさい〕
セブンは慌てて謝った。セブンの家族でも、一番えらいのはもちろんおばあちゃん、次は一番年上の伯母さんだった。伯父さんは体が一番大きくて力持ちだけれど、おばあちゃんの機嫌が悪い時にはいつも緊張し、気を付けて近付かないようにしていた。女性というのは、怒らせてはいけないのだ。
〔とっても綺麗なこぶですね〕

——クジラの言葉を喋るってことは、やっぱり、あんたがカイ?
エーヴがじろじろと彼を観察する。
——囲いに閉じ込められてるって聞いてたけど。逃げ出したの?
〔はい、カイです。逃げたんじゃなくて、最近はずっと毎日、外に出してもらえてるんです。こんな広いとこまで来たのは初めてだけど……〕
——ふうん。
〔あの、あのう〕
セブンは、辛抱出来ずに、すぐに話を切り出した。
〔あなたがここへ来たのは、もしかして、僕がイーヴさんにお願いした、伝言のことですか?〕
——そうよ。
〔あの、僕の伝言、従姉のエルに、届けてもらえたようですか?〕
どきどきして、胸が破裂しそうだ。
——届けたわよ。あたしの母のまたいとこの娘がね。
クジラが答える。
——シャチの女の子は、それを聞いて、大泣きしてたって。よっぽど、あんたのことが気がかりだったのね。

〔………〕
セブンは、自分も泣きたかった。
エルに、自分の想いが、祈りが届いた……。世界の果てで、独りぼっちで閉じ込められているという、あのエルに。
(ねえ……。もう君は、独りじゃないよ、エル)
(どんなに遠くにいたって、僕はずっと、毎日毎日、君のことを考え続けるからね――どうかせめて、そのことだけは忘れないで)
心の中で嚙みしめるように呟き、それからセブンはふと、クジラがそのまま保っている不自然な沈黙に気が付いた。
〔エーヴさん。どうか、しましたか〕
――えっ。別に、なにも。
エーヴは大きな顎を上げ、視線を逸《そ》らした。
〔エルが、どうかしたんですか。彼女に何かあったんですか。ねえ〕
クジラは、プシュウ、とやるせなげな溜息をついた。
――いや、その……。あたしが自分で直接見たわけじゃあないしね……。
〔なんですか。いいんです、早く教えてください！〕
――あのね……。伝わってきた話じゃあ、その子の体調、何だかあまりよくないみたい。

セブンは硬直した。

頭が、次第にぶるぶると震え出した。

〔よくない、って……？　どういうこと？〕

――どういうことって、そりゃもう、見るからに……すごく痩せてるし、皮膚はボロボロでまだらになってるし、でさ。意味もなく格子を齧《かじ》るもんだから、口周りは傷だらけだっていうしね。水族館の人間たちが何かしようとしてるみたいだけど、あれじゃあどう見ても効き目がないんじゃないかって、あたしの母のまたいとこの娘は言ってたわ。そもそも、外から直接取り入れてる水だって、あの辺じゃあずいぶん生ぬるいはずだわよ。あんたもあの子も、もっと北の海の生まれなんでしょ。

〔……エル、びょうき、なの？〕

――多分ね。

クジラの答えはあっさりしていたが、その意図的な軽さの中に、セブンは逆に、誤解のしようのない恐ろしい真実を見た。

エルは――死にかけているのだ。

きっと、このまま……、このままでいれば、……たった独りで。

――気の毒だけど。

エーヴが、気まずそうに言う。

——でも、ほら……なんていうの。あんたは彼女に、こんな遠くから、気持ちをしっかり届けてあげたんだしさ……。あんたに出来ることは、頑張ってやったんじゃないの。

セブンが固まったまま震え続けているので、雌クジラは「ええと、じゃあね」と、おそらくは彼女の精一杯の優しさをこめて言い、灰色の海中をそっと遠ざかっていった。


エルが。

死んでしまう。

頭の中が、体の中身全部が、破裂してしまいそうな気がした。

(僕のせいで)

(エルが死んじゃう)

(ボロボロになって、死んじゃう……)

[——うわああああああ！]

セブンは突然大声で叫び、弾丸のように泳ぎ出した。

無我夢中で、支離滅裂に方向を変え、回転し、潜り、浮上し、喚《わめ》きながらそこら中へと突進した。

一度だけ——

シャチが死ぬところを見たことがあった。

家族のシャチではない。流れ者の雄シャチが怪我をし、水中でもがいているところへ、皆でたまたま通りかかったのだ。

(船のスクリューが当たったんだね)

近付き、彼の背中をずたずたに抉《えぐ》っている傷を観察して、おばあちゃんが言った。

(あれはとても危険なんだよ……。おまえたちも、皆、よく気を付けないといけない)

セブンの家族はそのシャチの周りに集まり、彼が沈みかかると、かわるがわる水面までその体を押し上げて、呼吸を助けてやった。そして、彼がやがて遂に力尽き、海底へとゆっくり沈んでいくのを、近くから静かに見守った。

それは、酷い光景だった。その雄シャチは、傷を負い、息が絶えるまでの相当に長い間、激痛に苛《さいな》まれていたことだろう。死にゆく彼のあの眼の色を、まだ幼かったセブンもいまだに忘れられないでいる。

けれども、エルの味わっている苦痛は、それより既にもっと、遥かに、遥かに長いのだ。

どれほどの間、ただ闇雲に泳ぎ回っていたのかわからない。

(………)

セブンはぼんやりと、辺りが暗くなっていることに気が付いた。荒れた天候のせいだけではないようだった。あらためて水面に浮かび出て見ると、いつの間にかすっかり夜になっている。

彼は、泥のような深い疲労を感じた。

息を吐き、そのまま再び沈んでいくと、もうこのままどこまでも闇の底へ沈んでいってもいいような、奇妙でうつろな解放感があった。

このまま沈んでいく……

海中のうねりに身を任せつつ、ゆっくりと、呆然とただ落下していくと、何かの大きなシルエットを、半ば麻痺《まひ》した頭のどこかがぼんやりと感じ取った。

（…………）

セブンは、無意識のうちに体を傾け、それが何であるかを確かめようとした。形は、いくらか、海に浮かぶ人間の船にも似ているみたいだ。でも、こうして海底にあるのだから、船のはずはない。

（……あ）

突然、ひどく馴染み深いものの形を発見して、彼の意識の一部がややはっきりと動いた。

船みたいなものの近くに、〈キャン〉が沈んでいる。丸い筒、二つの把手。

その馴染み深さが、別の記憶を大きな泡のように、ポコリと浮かび上がらせた。

（ノーァ）

（イー・サン）

いつも優しくしてくれる、あの二人の人間のことが、セブンは好きだった。ノーァが本当に心から自分のことを愛してくれていることはわかっていたし、イー・サンは友達のサムを助けてくれた。そのせいで、彼の方がちょっと病気になってしまったけど。そうだ、あの人間の子どものことも、イー・サンは……。

ノーァとイー・サンは、〈キャン〉にひどく夢中であると、セブンは知っていた。〈キャン〉のことが本当に大好きなので、二人は海に沈んでいる〈キャン〉という〈キャン〉はすべて、一つ残らず集めてしまいたいのだ。しかも、偽物ではだめだ。セブンが本物の〈キャン〉を見つけ、拾い上げ持って行ってあげると、彼らはいつでも大喜びする。

（……よろこんで、くれる……）

セブンは泣きながら、そのキャニスターを拾いに行った。

第8章

雨は小雨へと変化している。

厚い雲の裏側で陽が昇ったばかりの朝、研究室の中はまだ薄暗い。空気の湿りを感じた。

寝不足でざらつく目を擦り、防水性のバッグにタブレットとクリップボードを詰め込んでいると、スマホが鳴動した。

「ヘイ、ノア」

頬と肩で挟んで応えながら、バッグのファスナーを閉める。

「悪い、まだ研究室だ。すぐ行くから……」

『……イーサン！　セブンが！』

通路の板を蹴る慌ただしい足音と共に耳元で弾《はじ》けた叫びに、イーサンは反射的に窓の方を振り向いた。飛びついて身を乗り出してみると、エンクロージャーへの通路を何人かが走っていくのが見える。先頭にいるのは、確かにノアだ。

イーサンは自分も転がるように部屋を飛び出した。

エンクロージャーの一隅に設けられた、健康確認をするための低いステージの前で、セブンはノアに夢中で頭を抱きかかえられていた。

「よく、よく帰って来たね！　えらいよ、セブン……！」

ノアはずぶ濡れになるのも構わず、シャチの顔を撫でさすっている。

「いい子、いい子だ、怪我はないかい？　腹ペコだろう」

イーサンは、飼育員たちがわらわらとノアとシャチを取り囲む、その傍らに、濡れたキャニスターが一つポツンと置かれているのを見た。

嵐の前にスタッフが沈没船の側に沈めておいたものだ。

（……なんて奴だ）

探して来いと、指示さえもまだあの時、出していなかったのに。

（自分が本当は何のためにあそこまで連れていかれたのか、わかっていたんだ）

「イーサン！」

彼の姿に気が付き、ノアが叫んだ。顔が別人のように輝いている。

「セブンが自分で帰って来た！　君の言う通りだったよ」

「よかった」

イーサンは笑い返しながら近付き、スマホを耳に当てた。

「所長と運用チームに、今朝の出航は不要になったと言おう」

「イーサン」

開いているドアをノックして、ウェットスーツのままのノアが入ってきた。

「セブンが食餌をしない。生餌も、そうじゃないやつも。エンクロージャーの隅で、もう一時間もただじっとしている」

イーサンは、ソーバーグへの報告を手短に済ませたところだった。すぐ椅子から立ち上がる。

「君が呼んでも？」

「笛にも、声にも反応しない」

ノアの表情はとりあえず落ち着いているが、心底心配しているのがわかった。

「昨日、船のフォロー中に解凍した魚を二十匹くらい貰って食べたのが、確認出来る最後の食餌だ。それからもう丸一日以上過ぎている。海にいる間に自分で食べてくれてたなら、まだいいんだけど……」

セブンは平常、一日に約七十キロの魚を与えられ、それを完食している。

野生動物は、よほどのことがない限り体調不良を表には出さない。衰弱を周囲の敵に知られることは、彼らの命の危険に文字通り直結するからだ。食欲不振やいつにない動きの緩慢さは飼育員がトラブルに気付く最初のサインではあるが、その原因までは一瞥しただけではわかりにくい。

「健康確認の結果は？」

一緒にエンクロージャーへと向かいながら、イーサンは尋ねた。

「熱は平熱だし、心拍も普通。口の中も特に異常はない。今、獣医を呼んだところ」

「外で、間違えて何か異物でも呑み込んだかな。初めて目にするものもきっと多かっただろう。肺炎の兆候はないんだね？」

「僕にわかる範囲では。でも、もちろん確かじゃないから」

シャチは一度の呼吸で大量の空気を肺の奥まで取り込むので、細菌やカビ類を同時に吸い込み、特に陸の雑菌に触れやすい飼育下では呼吸器系の疾患を得やすい。

エンクロージャーで、セブンはノアの言った通り、端の方に静かに浮かんだままじっとしていた。

「セブン、どうした？」

その上の通路に屈み込み、イーサンは元気のないシャチに声をかけた。

「昨日から朝まで大変だったから、疲れたろう。いろいろ怖かったろうな。でも、おまえは立派にやれたよ。本当にえらかった」

セブンは何やらぼんやりとしているようだったが、上から覗いているのがイーサンだということに、やがて気が付いたらしい。黒い頭が、やや動いた。

しばらく、考えていた。

そのどこか硬直したような様子は、イーサンの眼に、これまで観察したことがないほど真剣なもののように映った。

「……キュウン」

小さく、哀《かな》しげな鳴き声が漏れ聞こえた。

「どこか痛いんじゃないのか?」

それならこのノアが気付かぬはずはないと知りながら、イーサンはつい訊かずにいられない。

「君を頼りにしているんだと思うよ」

隣でしゃがんでいるノアが、そっと囁く。

「ほら……、所長の孫のケニーが落ちかけた時も、サムが溺れそうになった時も、真っ先に助けに駆け付けたのは、イーサン、君だろう?」

イーサンは、ノアの顔を見た。

「君はたぶん、〈助けに来る係の人〉なんじゃないかな。このセブンにとって」

「……その発想は、正直、なかった」真顔で呟く。「そんな風に思われたことは、人生で一度もない」

心から心配している状態にもかかわらず、ノアが少し笑った。

「自覚がないだけじゃないの？　ああ、獣医が着いたみたいだ」

その時、セブンが再び鳴いた。

「……エブン」

どこか軋《きし》むような、高い声。

「アン・ワー……」

ノアがはっと息を呑んだ。その眼が完全に丸くなる。「喋った。この子、本当に喋った！　聞いたかい？　いま、自分の名前を言ったよね！」

「……アン・ワー？」イーサンは既に、板の縁から大きく身を乗り出している。

「エブン……アン・ワー……ホォゥ……ホォム」

「『セブン、アン・ワー、ホーム』って言ってるよな？」

イーサンはノアの腕を強く摑み、確認した。

「アン・ワーって？　何のことだ？」

「わ、わからない」

「イーサン、ノア！」

所長が呼びながら、馴染みの獣医と共に通路をやって来た。

獣医は丁寧に診察をし、セブンの検体検査も幾つか行ったが、明確な病気の徴候は確認されなかった。

しかし、シャチの食欲はその後も丸一日戻らなかった。ノアは特別なご馳走《ちそう》を手配して気を惹こうとしたが、効果はなかった。食べることばかりではなく、いつもならすぐに興味を抱いて寄ってくる新しい玩具を用意しても、ほとんど反応を示さない。

(何があったんだ)

イーサンは懸命に考え続けた。

何にせよ、今のような状態に陥るきっかけが必ずあったはずだ。

(……あの時——船で)

(クジラの、ブリーチング)

自分は見なかったが、確か誰かが、クジラがブリーチングをしている、と言っていた。

ブリーチングとは、クジラなどが行う海面での大きなジャンプのことである。特にザトウクジラのそれが有名だが、行動の意図についてはまだあまり解明されておらず、求愛、あるいは威嚇のためといった諸説がある。またあるいは、波風が強いなどの理由で鳴き声が遠くへ届きにくい時に、海面に体を叩きつけて音を広げるという、一種の合図として行うのではないかと言われることもある。

(例の好奇心で、クジラに近付き過ぎて……威嚇され、怖い思いでもしたのか)

セブン自身はクジラを襲う型のシャチではない。だがザトウクジラの側からすれば、シャチはシャチとしか見ないこともあろう。雌のザトウクジラは北へ向かう子連れ回遊の旅路の最後になって、南の海で産んだばかりの幼い我が子を、年に一度のご馳走として待ち構えていたシャチたちの襲撃によって失うことがしばしばある。

(……アン・ワー……)

クジラのことなのだろうか。ザトウクジラの学名は〈大きな翼《メガプテラ》〉である。命名が示す通り、二枚の胸びれが特徴的に長い。襲撃者への反撃を試みる時、その胸びれは凄まじい凶器となり得る。軟骨魚であるサメなどはもちろん、海の王者シャチであっても、当たり所によっては死を免れない。

怖かったよと、ノアや自分に訴えたかったのだろうか。イルカのサムはもういない。また誰かと友達になりたくて近付いてみたのに、クジラに激しく脅し返され、怖くて囲い《ホーム》に帰りたかったよ、と。


電話をすると、アンバーがすぐに応えた。

『……ハイ、ハニー』

ハァハァと息を切らしている。ランニングをしてきたところらしい。アンバーは走るのが大好きだ。

「うわ、やめてくれ」

イーサンは、監視カメラの録画を次々に早送りしながら、文句を言った。

「まだ仕事中なんだ。君の息切れなんか聞かされたら興奮する」

『あら、そう。こちらはこれから、ゆっくりシャワーを浴びるところ……』

「ひどいなあ……。僕が何か神経性の変な病気になったら、君のせいだぞ」

少し映像を戻し、また進めた。

『その時はハニー、私が治してあげるわよ』

ボトルの水を飲む気配がした。

『……本当に忙しいのね？　今日も会えない？』

「ごめん。週末に何とか埋め合わせるつもり」

『わかったわ。この間みたいに無理しないでね』

電話越しに可愛いキスをくれた。

『それと、変な病気にもやっぱりならないで。私がせっかちなの、知ってるでしょ。待ってなんかあげないわよ』

〈パイナップル・エクスプレス〉は完全に立ち去った。植栽が秋色に染まったスラットン海洋研究所にも、久しぶりに輝くような美しい朝が訪れている。

建物の角を足早に回り、白衣を引っかけたイーサンが現れた。海からの風にふわりと舞う金髪が、フィラメントのように光っている。だがその顔つきに、今朝のこの爽やかな空気を楽しむような様子は見えない。

「二回だけだ。二回しか、『アン・ワー』と言っていない」

流し場で魚の保冷箱を洗っているノアの側へと歩み寄って来るなり、彼はいきなり言った。

「えっ？」箱をごしごし洗いながら、ノアが訊き返す。「何？」

「セブンが、『セブン、アン・ワー、ホーム』と、僕らに向かって喋ったろ。だから、それ以前に——この研究所に来てから——『アン・ワー』と彼が発声したことがないかを、残っている音声記録を全部聴いて確かめてみたんだ」

「……全部？」

ノアは驚き、思わず手を止めた。

「ちょっと待ってよ、それって何時間分だい？」

「少なくともその録音の中では、あの抑揚に近い音で『アン・ワー』とはっきり僕が聞き取れたのは、二回だけだった。一回は、ここに来たばかりの頃、サムとまだ屋内のケア用プールにいた時。二回目は、サムが水族館に運ばれた日の午後、セブンがひとりでエンクロージャーにいた時だ」

「……日にちが離れてるね。三週間くらい？」

ノアが、考える顔になって体を起こす。

「その二回に、何か状況的な共通性みたいなものはありそうなのかい？」

「ある。両方とも、セブンがアンバー・ロスの姿を見た後のことだ。正確に言えば、僕が彼女の名を呼ぶのを何度か聴いた、その後」

ノアの目が丸くなった。

「え……、じゃあ、『アン・ワー』って――あの、アンバーのことだったってわけ？」

「たぶん」

イーサンが苦々しげに言う。

「まったく間抜けな話さ。鼓膜がすり減るほど録音を聴いた挙句、やっとその可能性に思い至った。我ながら信じられないよ」

「……自分の名前を言えるようになったくらいだから、そりゃ、あの子が彼女の名を覚えても不思議はないかもだけど……、でもそれなら、『セブン、アンバー、ホーム』って、結局どういう意味なの？」

「それが、まるでわからない」

答えるイーサンの顔つきには、珍しく微笑の欠片も無い。

「最初は、外海で出くわしたクジラのことを言おうとしたのかとも思ったんだ。でも録音を聴き、それではますます辻褄《つじつま》が合わないことがはっきりした。もちろん、アンバーを見た後というタイミングの一致にしたって、確かに奇妙じゃあるが、ただの偶然だったのかもしれない。……だが、これは」

イーサンは首を回し、セブンがいるはずのエンクロージャーの方へと視線を投げた。

「少なくとも、今回のこの『アン・ワー』の意味だけは——僕らは絶対に、突き止めなきゃいけないという気がする」

「……イーサン」

「どうしても伝える必要があったからこそ、僕らに通じさせる方法を、あのセブンは自分で探り当てたんだ」

言いながら、再びノアの顔をまっすぐに見る。

「わかるかい？　彼はああして、明らかにシャチの鳴音ではない音を使うことによって、僕らに何かを教えてくれようとしているんだよ。それを——あんな子どものシャチがたった独りでやってのけた、前代未聞のその努力を、どうして僕らがこのまま無視なんか出来る？」

シャチのメンタリティは複雑だ。接する人間をはっきりと区別するし、彼らにしかわからぬ精神世界を持っていることも明らかである。気分が乗らなければ、何年も信頼を置くトレーナーのサインにさえ従わない。大抵のイルカのように、常に美味《おい》しい魚につられてくれたりはしない。嫌なものは嫌だとそっぽを向くのがシャチなのだ。

かつての軍事研究でも「ゴンドウクジラの方がシャチよりも訓練への反応がよく、信頼性と制御性に優れている」と結論付けられたことに、当然理由はあろう。ハワイで訓練されていた二頭のシャチのうち、一頭はおそらく様々なストレスが原因で、途中で食餌をしなくなった。回復し、訓練にも復帰したが、その後再び熱意を失った。もう一頭は外洋での訓練中に永久に行方不明となった。

『本当に、その二の舞とはならんだろうね』

ソーバーグは、その日のイーサンのレポートを読むが早いかかけてきた電話の向こうで、再び不機嫌だった。

「何日か訓練を休ませます」

イーサンは応えた。

「ご存じの通り、訓練も当初からピッチが非常に早かったので、彼のストレスが溜まっても当然の状況でしたから」

『休ませれば、その後で工程の遅れを取り戻せそうか？』

「出来るだけの努力はしますよ。彼に掛かり付けのカウンセラーがいたら、三ヶ月は学校を休んで遊んで暮らせ、と言うでしょうけどね」

『また君のお得意の、科学的擬人観というやつか。それなら——』

ソーバーグが、結審を告げる裁判長のような口調で言った。

『科学的根拠によった別の手段に、君もいい加減にその目を戻してもいい頃だろう』

「どういう意味です」

『イーサン』

電話の向こうで、ソーバーグが椅子を回し、姿勢を変える気配がした。

『君がその若さにしては良い評価を受けている研究者だということを、否定するつもりは私にはもちろんない。ポイント・ロマのケンドリックの推薦はもっともだったと、今この瞬間も思ってはいるとも。だが、気を悪くせんでもらいたいが、我々には当初、君以外にも選択肢はあったんだ』

「例えば？」

『ここで具体的な名を挙げる必要はない。ご存じないかも知らんが、私にはこれでも、アカデミアにも様々なコネクションがある。優秀で、かつ、もっとビジネスの重要性というものを理解し、もっとスポンサーに対して素直で協力的な研究者にも、有力な伝手《つて》はあったんだ。だが結局ご覧の通り、私は君を選び、君の研究所に大金を注ぎ込むことを選んだ。君には他の連中が持たない、もう一つの重要な専門分野があり、そこでの素晴らしい実績が既にあると知ったからこそだ』
「………」イーサンは、指先で何となく揺らしていたペンの動きを止めた。
『もうこの際、ここではっきりさせてもらおう』
ソーバーグが、一言ひとことに重みを持たせて言う。
『君は、シャチを、こちらの命令に完全に従わせられるはずだな、イーサン？』

*

セブンがようやく少しずつ魚を口にするようになってきたので、イーサンとノアはそれだけのことを大いに喜び、久しぶりに近くの店まで一息入れに出た。

一日食事を忘れていたらしいイーサンが三杯目のウィスキーを注文するのを見て、ノアは店員に「その前に、ステーキ・サンドとサラダを」と頼んだ。

「まったく君は、時々だけど、セブンよりも手がかかるね」

言いながら、相手の目の前からグラスを遠ざける。

「君くらい基本的生存本能に欠ける生きものは見たことない」

「アンバーにも言われる」

眼の落ち窪んだイーサンは、くすくす笑った。既に酔い始めている。

「飼い犬のマットの方がよっぽど自立してるって」

「ここのところずっと大変だけど、特に何かあったのかい？　君はストレスが溜まると、普段以上に食事や睡眠に興味をなくすし」

「別に、何も。セブンのことが心配なだけだ。君と同じく」

店の名物の、グレイヴィ・ソースが皿に溜まるほどたっぷりとかかったステーキ・サンドが運ばれてきた。イーサンは付け合わせのポテト・フライを一つ摘《つ》まんで齧った。齧り終え、そのままその存在を忘れたように、ぼんやりと皿を眺めている。

その隣で、ノアはしばらく黙っていた。

「イーサン。ちょっと、訊いてもいいかな」

静かに口を開く。

「ダニー・ソーバーグが最初にここへ来た時、確か、〈ロボ・アニマル〉の話を君にしていたよね。あれは、どういう意味だったの？」

イーサンは、ポテトの山を見続けている。

「……脳の、視床下部に――」

やがて指先を上げ、自分の頭をつついた。

「ＭＦＢ（内側前脳束）っていう部分がある。快楽の処理に関わるとされている領域だ。ここを直接活性化すると、君や僕のような人間も含めて、動物はとってもいい気分が味わえる」

「へえ?」

ノアはほほえんだ。

「僕のそれも常に活性化しといてもらいたいな。何だか幸せそうに聞こえる」

「たぶんね。実験じゃ、ラットが自分でレバーを押すことで自身のＭＦＢを刺激出来るようにしてやったら、夢中になって二十分間で二百回も押し続けたらしい」

「そこまでいくと、中毒みたいな気がするけど」

「うん。実際、これをいわば〈行為の結果〉にすると、好きな食べ物をあげるよりも効果がある。ラットが合図や指示に従った時にここへ電気パルスを送るようにすれば、奴《やっこ》さんはその因果関係を驚くほど早く覚え込む。体に埋められたチップに届く指示に従って、すごく複雑な障害物競走もすぐさまこなせるようになる」

「………」

「ソーバーグはあの時、もし時間が足りないのならシャチにもそれをやれるだろう、とほのめかしたんだ」

ノアは真剣な眼で、イーサンの横顔を見ている。

「こういう研究は、例えば捜索救助活動なんかにラットを使えないかという可能性を探るものでもあったんだ。災害で生き埋めになってしまった人を救助するとかね。実際、ロボ・ラットは、人間の匂いのするものを捜せと命じられれば、おがくずの中に埋められたそれをすぐさま掘り当てる。同じ理屈で、狭い瓦礫《がれき》の中へも入り込んでいって人間そのものを捜し出せる。またあるいは、地雷だらけの危険な野原にロボ・ラットを放って、目的に応じた探索をさせることも出来るだろう。ラットが走り回っても、彼らの重さでは地雷は爆発しないから。しかも彼らは、必要となれば自分で餌を調達してくれる。間の悪い電池切れを起こすこともない」

三杯目の酒が運ばれ、イーサンはそれを一口飲んだ。

「バークレーでインプラント用の超音波インターフェイスの研究をしていた頃のことだけど。気分転換したくて、仲間とハワイに行ったんだ。沖にボートを出したら、綺麗な魚がたくさん見えてさ。一緒に泳いでみたくなって、シュノーケリングで一人で海に入った。そうしたら、突然海中に、でっかいザトウクジラが現れたんだ」

「……へえ？」

「おかしなクジラだった。僕の側から離れようとせず、体を回転させては、僕が行こうとする方向をいちいち遮るのさ。正直困惑したよ。あんな五メートルもあるような胸びれ、ちょっとぶつけてこられただけで、こっちは死ぬかもしれないだろ。それで結局泳ぎ回るのを諦めて、海面まで上がった。そしたら、ボートの上で仲間が大騒ぎしてるじゃないか。『早く上がれ、サメがいる』って」

「そりゃ、すごいね」

　ノアが目を見開く。

「ザトウクジラが、自分とは違う種類の動物をサメやシャチから庇《かば》ったって話は、時々聞くけど」

「うん。だが、どうしてなんだろう？」

　グラスを両手で包み、イーサンは視線を浮かせた。

「あのクジラは明らかに、僕をサメから守ろうとしてわざわざ近付いてきたんだ。いったい、何のために？　弱肉強食は彼らの世界の当然のルールだ。あのサメだって生きるためにそれに従っていただけだ。なのに、どうしてクジラはこんな僕の方を庇う？　クジラの側に、それでいったい何のメリットがあるっていうんだ？　確かに、サメは仔クジラも襲うだろう。餌を獲れずに数が減っていってくれた方が、もしかするとクジラにも有難いのかもしれない。でもだからって、あのクジラがあの時、わざわざ自分の身を危険にさらしてまでやって来る必然性があっただろうか？」

「ザトウクジラは弱者への共感性を持つ、っていう説を聞いたことがあるよ」

「うん。動物の利他的行動についてはいろいろな研究がある。それは、ハワイに行く前から一応知っていた。……ただ」

　痩せた手で、顔をごしごしと擦った。

「あの時……、間近から一瞬だけ見た、あのクジラの大きな眼が忘れられないんだ。あれで、何もかもが変わってしまった気がする。バークレーでは安定したポストを貰えそうな話も一応出てたんだが、〈ロボ・アニマル〉の研究を続けようっていう意欲が、あの経験をきっかけに、なぜか突然、きれいさっぱり、なくなっちまった。動物の脳や神経構造を何年も勉強してきたはずの自分が、動物の〈内面〉については結局、いまだに何もわかってないじゃないかと、あの時強烈に思い知らされた。彼らのサイボーグ化の研究なんてしてる場合じゃない、とわかったんだ。少なくとも、この僕は」

「……イーサン」

「僕は君と違ってヴィーガンじゃない。こうして、牛も食えば鶏も食う。動物実験で安全性が検証された薬も飲むし、髭剃《ひげそ》り後にはローションも使う。何より自分自身、研究のために多くのラットを使ってきた。知ってるかい？　ラットは、遊んだり、くすぐられたりすると、実は楽しそうな笑い声をあげてるんだぜ。その声が人間の耳には聴き取れないだけで」

「イーサン、わかったよ」ノアが、労《いたわ》りをこめて言う。

「僕は、人間の目的のために動物が利用される世界をはっきりと受け入れて生きている。もしもあのセブンがこのミッションを成功させることが、人間を含めた多くの生きものの未来の利益に本当に繋がるというんなら、この自分に出来る努力は惜しまない。何日寝なくたって、本当に平気だ」

「うん」

「だけど、僕はもうあのセブンに近付き過ぎた」白状するように言った。「彼に手術はしたくない」

「うん」

「人間が感情を処理する時に使う、紡錘《ぼうすい》細胞っていう神経細胞がある。以前は霊長類の一部にしかないと思われていた。けど、同じものは、シャチの脳にもある……ザトウクジラ、にも。今の状態で何ひとつ問題はない、セブンのあの健康で知的で、感情豊かな脳に、異物を埋め込んだりはしたくない。あいつは今のままで、素敵な奴なんだ。同じ眼をしてるんだよ、あのクジラと。あいつに変わってなんかほしくない」

「うん。イーサン、大丈夫だよ」

ノアは、カウンターにうつ伏せた相手の背中をさすった。

「誰も君に無理強いなんかしない。ソーバーグにだって、そんなことは出来やしないさ」

「……昨日、電話で言われた。セブンが戻ってきた、その後に」

「なんだって？」

「シャチに脳インプラントの手術をしたら、その成果についてはどれくらいの時間で確認出来るのかと訊かれた」

「手術をするって、引き受けたのかい」

「断った」イーサンは言い返した。「出来るかよ、そんなこと……！」

ノアは黙り、そのまましばらく彼の背中をさすり続けていた。

やがて、また口を開く。

「イーサン。あのさ……。君の話を聞いてて、なぜだかちょっと頭に浮かんだことがあるんだ。全然関係ないことのようだけど……。先住民、ラコタ族にだけど、『ミタクエオヤシン』っていう言葉があるよ」

「……ミタクエ……？」

「ミ、タクエ、オヤシン。直訳すれば、私に繋がるすべてのものよ、って感じかな。まあ、一種の合言葉みたいなものでさ。すべては一つ――とも、意訳されたりする」

イーサンは、両腕の間に埋《うず》めていた顔を少しずらした。ノアの方を見る。

「先住民は、みんなで集まると、よく輪になって座るんだよ。僕は――時々思うんだけど――、その輪がもし、すごく、すごーくでっかいものだったら、自分がそういう輪の一部だってことは、なかなか見えないし、気が付かないんじゃないかな」

長い間、イーサンは黙っていた。

「ごめん」

やがて、呟いた。

「君、農場は買えないかもしれないな。チェイスとのサルディニア旅行も……」

「別にいいよ、そんなの」ノアが小さく笑う。「家族にも、チェイスにも、金のことは話していないし」

「………」

「ねえ。今度また、アンバーと一緒にうちへ遊びにおいでよ。食事をしよう、チェイスと四人でさ。彼の作るヴィーガン式のラザニア、アンバーも気に入ってたろ？　ねえイーサン、二百万ドルなんかなくっても、それだけで本当は僕ら、十分に楽しいんじゃないかい？」


年明けに学会の記念大会がある。自分のセッションの準備と打ち合わせの他に、発表論文の査読を分担で振り分けられてもいるから、今夜中にせめてもう一本くらいは読んでおかないとまずいだろう。

欠伸をしながら自宅でPCを起ち上げ、溜まったメールをチェックしていくと、〈RBグレンツェ〉のソーバーグの秘書から資料が届いていた。

（そうだ。忘れてた）

セブンのスランプを救うために何か少しでもヒントが見つからないものかと、藁《わら》にもすがる気分で、捕獲時の最も詳細な記録を手に入れてくれるように頼んであったのだ。秘書の女性はそのボスとは大いに違い、たいへんに感じがよく親切で、電話の声にも知性の深みと大人の艶があった。いつかお礼の食事に誘おうかと、ちらっと思いかけたくらいだ。実際、事務的な話の後の短い雑談のうちにも、誘えば断られないというニュアンスを何となく感じた。彼女はたまたま以前にサイエンス系のサイトでイーサンのインタビュー記事を読んだことがあり、それにとても感銘を受けていたので、今回のご縁に驚いている、と言った。

どうやって入手したのかは知る由もないが、添付されたファイルは直接捕獲に当たったロシアの水産会社による請負業務報告書のようだった。有難いことに、完璧に見える英訳文と、細部まで配慮の行き届いた注釈、補足の図まで諸々《もろもろ》添えてくれている。素晴らしい。アンバーにこれほど惚《ほ》れていなければ、もはや恋に落ちるところだ。もっとも、秘書嬢のご年齢はわからない。

すぐにそのまま速読し、そしてもう一度読み直した。それから、ノアに電話をかけた。

『君はもう、動物学じゃなくて、自分のクローンを作って働かす研究をした方がいいよ』

ノアはどうやら、寝入りばなを起こされたらしかった。

『ほんとに、よくそんなに長時間起きていられるね……しかも、飲んだ後で』

「捕獲当時、セブンと一緒に、いとこの雌シャチも捕まったらしい。ちなみに――彼女の方は今は中国の水族館にいる――と、ソーバーグの秘書が注釈を付けている」

『……いとこ……？』

「その雌シャチは、セブンを追って自分から網の内側に飛び込んできた、と報告書に書いてあるんだ。だから念のために君に訊きたかったんだが、そんなことってあり得るのかな？」

『それは……確かに、珍しいな。偶然そういう結果になったんじゃなくて？』

ノアがやや驚いて訊き返す。

『野生のシャチが自分から網だの柵だのを飛び越えるっていうのは、僕個人はとりあえず聞いたことがないな。飼育下のイルカがジャンプして、間違えてプールから飛び出しちゃうってことはあるけど』

「たぶん、偶然じゃないんだろう。セブンの血縁だ、少しくらい普通でないとしても驚きゃしないが……」

イーサンは、再び考え込んだ。

『もし意図して飛び込んだんだとしても、もう一度そこから飛び出すのは無理だったんだろうね。網の中じゃ、ジャンプに必要な水深も加速の距離も足りなかったはずだ……可哀想《かわいそう》に』

「わかった。起こして悪かったよ、おやすみ、ノア」

『君も、頼むから今すぐ寝てよ』

電話を切り、イーサンは報告書の最後の部分をもう一度読んだ。

報告を書いたマクシム・アバルキンという人物は、一つのポッドから二頭の仔を捕獲することには問題があると考え、雌シャチの方をリリースしようとした。しかし彼女は、頑として網から出て行かなかったという。まだ幼いシャチの示した予想外の行動に、アバルキンはよほど深く心を動かされたらしい。実直に、冷静に事実を述べ続けたレポートの最後に、発注元への業務報告としては無用であろう一文が――おそらく無用であると自覚しつつ――だがきっぱりと付け加えられている。

「この二頭は、将来にわたり、同じ施設で愛護、養育されるべきである」

何かが――

突然、イーサンの頭の中で地割れのように動いた。

「囲い《ホーム》」、ではない。

「故郷《ホーム》」だ。

そして――

セブンを追い、自ら網に飛び込んできたという雌の仔シャチ。

緊密な家族の一員だった、少女のシャチ——

誰よりも彼が仲良しだった女の子。

誰よりも彼のことを心配してくれた女の子。

……あの、午後のエンクロージャーで。風邪気味の自分を労ってくれていたアンバー……。

(そうだ——セブンはあの時、そういう僕ら二人のことを、水面から……ずっと見ていた)

大事な女の子《アンバー》。

「……どうして」

思わず愕然とした声が出た。

「気が付かなかったんだ」

椅子から勢いよく立ち上がり、足元の本の山に躓《つまず》きかけた。慌ただしくサイドボードの車のキーを掴み、部屋を飛び出した。

＊

夜の駐車場はガラガラだった。それをいいことにでたらめなターンを切って車を停め、建物へと走る。夜勤の警備員をきょとんとさせながら、研究所の中をまっすぐ駆け抜けて、エンクロージャーへと直行した。

シャチのバイオリズムに配慮して、夜間に人工照明はほとんど点けられていない。だが今夜は月が出ており、建物の灯りも微かに届いて、辺りは完全な闇夜ではなかった。水面の何ヶ所かでちらちらと光が躍っている。

セブンはそこで、ゆっくりと漂っていた。まるで鋭角の孤独が浮かぶように。とっくにイーサンの足音を聞きつけているはずだが、泳ぎ寄っては来ない。

冷えた夜風の中で、イーサンは激しく喘《あえ》ぎながら、通路に座り込んだ。

息を何とか整えてから、そっと呼んでみる。

「セブン。……アン・ワー」

セブンの背びれが、こちらを向いた。黒い頭が水面に出ているのが、薄闇の中に微かに見える。

「セブン」

イーサンは、もう少し大きな声で呼びかけた。

「アン・ワーは、おまえの、いとこのことなのかい？」

まるで――

広大な砂漠をはるばるとひとり渡って来た少年のように、よろめきながら、セブンが近付いてきた。

「……アン・ワー」

小さな声で、鳴いた。

「……ホォム」

イーサンは板を摑み、水面へと身を乗り出した。

「セブン。アン・ワーと、ホームへ、帰りたいんだね。彼女と――そうなんだろう？」

「エブン。アン・ワー。ホォム」

シャチの軋むような叫びが、押し寄せる潮騒の中を抜けて暗い水面に谺した。

通路の色の褪《さ》めた板に、不意に黒く水滴の染みが出来た。

イーサンは、自分の顎から何かが伝い落ちていることに気が付いた。

「……ああ、帰してやる。きっとおまえたちを、ふたりとも、ホームに帰してやるからな」

セブンは、しばらく考えているようだった。

「……イー・サン？」

いつの間にか、座り込んでいるイーサンのすぐ下まで近付いている。

「アン・ワー？　……ホォム？」

「ああ。ホームだ」

イーサンは急いで顔を拭い、笑顔を見せた。セブンに理解しやすいサインを決めてやらなければならない。

両手を上げ、顔の前で、屋根のような大きな三角形を作って見せた。

「ホーム。僕らの約束にしよう。セブン、これが、ホームのサインだよ。セブン、アン・ワー、ホーム」

第9章

スマホの待ち受け画面から、モノクロ・ショットのアンバーが、物思わしげな眼《まな》ざしでじっとこちらを見つめている。

イーサンは、十秒ほどその顔を見つめ返していた。それから、キムに電話をかけた。

「バハマ・ハネムーンの日焼けは、まだ残ってるの？」

『イーサン、あら！　驚いたけど嬉しいわ。どうしたの？　急に電話くれるなんて』

キムは〈海軍哺乳類教育センター〉スタッフであるジェイの元ガールフレンドである。イーサンはかつてアンバーと出会う前、突然来訪してきた彼女と楽しい一夜を過ごしたことがあるが、そのせいで公衆の面前でジェイに殴られる羽目になった。キムはかえってジェイの方に激怒し、大喧嘩の挙句に彼と絶交した。最近になってエリート軍人と電撃結婚したばかりだが、州立大学の院にはまだ籍を置いているという噂である。

「驚くようなこと？　あの水着姿の自撮りショットは衝撃的だったよ。二日酔いがいっぺんに醒《さ》めた」

ふふ、と相手は笑った。

『起こしてあげようと思ったの。あなたが朝に弱いって知ってるから』

「強面《こわもて》の少佐がメロメロになるのも無理ないね。出会って三日でプロポーズしたらしいって聞いたよ。大事にしてもらってる？」

『ええ、彼は優しいわ。でもいつも任務で忙しくって。今回も、月末まで戻らない予定なの』

周囲の気配を窺うかのように、少し間が空いた。悪戯っぽく囁く。

『日焼けがどのあたりまで残っているか、ちょっと確かめに来る？』

「すごく、残念だけど」

『いま、付き合っている人がいるのね』

「うん」

『……心から愛してるの？』

「うん」

『ふうん……』

紅をつける必要のない唇をつまらなそうに尖らせているのが、目に浮かぶようだ。

「でも、君の髪や肌がどんなにいい匂いだったかは、たぶんずっと大事な思い出」

キムが、小さく噴き出した。

『もう……、相変わらずね。あのお馬鹿なジェイに血が出るくらい殴られたのに。でも、あなたのそういう天使の落第生みたいなところが好きよ。いいわ、これでも私、あなたにだけは借りがあるってわかってるの。電話をくれたのは、本当は水着のせいじゃないんでしょ？　何がお望みかしら？』

「女性に貸しを作ったことなんかないよ。でも、もし迷惑でなければ、ちょっと助けてほしいことがあるんだ。君のお父さん、確かいろいろなＮＧＯの顧問弁護士もしていたよね？」

『今もしているけど。何かトラブルってこと？　一応先に言っておくけど、うちのパパはすごく忙しい人よ』

「ものは試しで、彼の最愛の一人娘である君に、〈スパイクス〉でお行儀よく名物ランチを奢《おご》ってみるよ」

『フレンチのコースじゃなくて、あの学生ばっかりのお手軽ダイナー？』

少女のように、明るく声を立てて笑った。

『素敵。いつ？』

愛犬と共に六キロほど走った後で、キッチンのカウンターで新聞を読みつつミルクをかけたシリアルを食べていると、ダイニング・テーブルに置いてあったスマホが鳴り出した。

三コール目が響く前に、それを摑んで出る。

「ノア、おはよう。どうしたの？　イーサンに何かあった？　研究所で事故？」

『ないよ、アンバー、何もない』

相手が慌てて言う。

『少なくとも、今のところはまだ何もない……』

「何なの？　いいのよ、早く言って」

『こんな早朝に僕から電話じゃ、驚くよね。でも仕事中にかける方がもっと迷惑かもと思ったからさ……ごめん。実は君に、頼みがあって』

「もちろん、聞くわ。どうぞ話してみて」

『イーサンのことには違いないんだ。あのさ……、せめて一晩でもいいから、彼にちゃんとした食事をさせて、それからぐっすり眠らせてやってもらえないかな。あのままじゃ本当に倒れると思う。ここのところずっと、セブンのことに心身ともにあまりにも打ち込み過ぎているんだよ。僕と違って、他の仕事も沢山こなしながらだしさ……まるで、何かに取りつかれでもしたみたいだ。顔つきが変わってるもの。元々ワーカホリック気味じゃあるけど、正直、あんなふうな彼は初めて見る。少し休めといくら僕が言ってもだめなんだよ。でも君の言うことなら、きっと彼も聞き入れると思うから……』

アンバーは、溜息をついた。

「そうね、でも、どうかしら……。実をいうと私、そこまで大変な状況だったなんて、今あなたに教えてもらうまで知らなかった。彼、私には毎日、ふざけたチャラい電話やメールをしてくるだけだから」

ノアも、深い溜息をついた。

『なんていうかさあ……。時々、カッコつけ過ぎなんだよね』

思わず、少し笑った。

「本当にそうよ。馬鹿よね、あいつ。わかったわ、ノア。ありがとう。私、今日はシフト休みだから、彼が出勤する前にアパートに行って様子を見てみる」

『うん』

ノアは、明らかにほっとしたようだ。

『アンバー、それから……、もしまだ彼から聞いたことがなかったら、ハワイの海で出会ったクジラのことを尋ねてみて』

「クジラ？」

『僕は……ただ成り行きだったからなんだけど……ついこの間、聞かせてもらったばかりでね。でも彼にとってはきっと、とても大切な話なんだ。君にならら、彼は話すと思う』

イーサンのアパートの前に立った途端、スマホに着信があった。イーサンからだ。

『今日はサンディエゴまで行ってくるから、研究所にはいないよ、念のため。愛してる』

読むと同時に建物のドアが開き、スマホを手にしたイーサンが足早に出てこようとして、アンバーにぶつかりかけた。

「……おっと？」

「サンディエゴですって？」

アンバーは、いくらかカジュアルな服装の相手を上から下まで眺めた。シャワーを済ませたばかりらしく金髪に少し湿り気が残り、トワレの爽やかな香りが鼻に触れる。普段つけているカルバン・クラインではない。顔が平生よりさらに白く確かにやつれ気味ではあるが、眼鏡の奥の灰緑の瞳は変わらず澄んでいる。彼女は片眉を吊り上げた。

「出張じゃなさそうね。まあ、なんて素敵なの。まるでデートにお出かけみたいよ」

「デートじゃない」

邪心の気配もなくきっぱり言い放てるのが、この男の性格上の問題点の一つだ。

「セブンに関係した、重要な仕事だよ。向こうで会うのは若い女性だけど」

「誰？」

「キンバリー・トナム。サンディエゴにいた頃の知り合い。彼女のお父さんが法曹界で実績のある人だから、紹介してもらいたいと思って」

アンバーは黙って、その「若い女性」の名前をスマホで検索した。SNSの写真は、実に——実に素晴らしかった。波打つ金髪、青い瞳、バービー人形のような肢体。

「すごい美人ね」

思わず呟く。

「生まれながらのプロム・クイーンって感じ……」

「お母さんが女優なんだ。彼女自身も、小さい頃に子役で映画に出たことがあるって。あのねえ、アンバー、彼女と一瞬親しかったことがあるのはとりあえず認める。でも今は、僕にはもちろん世界的プロム・クイーンの君がいるし、彼女もシールズの少佐と結婚したばかりの幸せな新妻なんだよ。ほら、そこに二人の写真も載せてる——」

アンバーは瞬時に、「だから何だ」という、殺し屋のような目つきになった。

「あなたは、あの可愛いセブンのためなら、こういう〈シールズの新妻〉とでもまた寝そうだわ」

「アンバー、なんてことを」本気で傷ついたような顔をする。「第一、彼女とはランチだけの約束なのに」

「ランチだけの約束だった日に、あなたは私を襲ったことがある。いえ、あれは私が、だったかしら？」

スマホをジャケットに戻す。

「いいわ、私も一緒に行く」

「……いや、それは……」

イーサンの眼が、やや泳いだ。

「あら、どうぞ心配しないで。離れたテーブルで、独りで楽しく食事をしますから」

相手の唇に軽くキスする。

「そしてあなたは、往復の飛行機の中で、この私にもたれて、少し眠るの。ノアがひどく心配していたわよ」

〈スパイクス〉は、バーベキュー・チキンが人気の気軽なダイナーだ。全米一のミリタリー・タウンであるサンディエゴの市内にあるが、立地としては州立大に近いために客層は若く、明らかな軍関係者の姿はそれほど見かけない。

約束の時間よりもイーサンは早めに着いた。しかしキムは既にテーブルにいて、アイスティを飲みながら、手擦れのした参考書を読んでいた。彼の姿を見、うれしそうな笑顔で手を振ってくる。

「待たせた？　ごめんね」

イーサンは足早に近付き、立ち上がった彼女とハグを交わした。

「いいえ。イーサン、少し痩せた？　仕事が忙しいのね。でも、とても素敵よ」

数秒のあいだだったが、骨細な柔らかい体を彼の胸に押し付け、離れなかった。

「……懐かしい、この香り。嫌だわ、私、何だか涙が出そう」

実際、唇が子どものようにへの字形になりかけた。

「どうして？　君は、あの頃よりさらにもっと目の保養になってる。少佐に本当に愛されている証拠だよ」

二分ほどして、アンバーが店内に入ってきた。イーサンとキムの方へは目もくれず、壁際のテーブルを選んでそこに落ち着く。形のいい長い脚を組んでメニューを見始めた。キムは彼女に背を向ける形になっているので、その存在に気が付いていない。しかしもし視界に入ったら、必ず注意を引かれるに違いない。美女というのは他の美女には必ず関心を――よきにつけ悪《あ》しきにつけ――抱くものだ。いつものことだが、心理的な臨戦態勢に入っている時のアンバーは、凛《りん》とした迫力を湛《たた》えていて本当に美しかった。それは蜂蜜漬けの薔薇のようにスウィートなキムには確かに無い魅力であり、イーサンは一瞬その場の体裁を忘れて見惚れかけた。

料理が運ばれてきた、ちょうどその時、店のドアがまた開いて、二人連れの男が入ってきた。大きなボストンバッグを提げている。

視界の中でアンバーが突然むせかけたので、イーサンは観葉植物の仕切り越しに入口の方へちらりと目をやった。

私服ではあるが明らかに軍関係者とわかる大柄な男、そしてその部下か後輩であるらしい二十代の若者だ。空いていたボックス席に入り、年上の方がこちらに背を向けて座った。

トナム少佐だ。

今朝、アンバーがチェックしたキムのSNSに、新妻を熱烈に抱きしめている彼の画像が載っていた。

アンバーが目を剝き、無言のまま「どうする気」と顔面全部で訴えている。

「キム」

イーサンは微笑を保ったまま、声を低めた。

「振り向かないで。反対側の席に、君のハズバンドがいる」

キムのフォークが止まった。

「うそ」

「たぶん、ご本人だよ。彼の顔は、ごく最近写真で見た。今の彼はカーキの無地Tシャツにリーバイスのジーンズ、バッグは藍色のボストン。左の二の腕に大きめのタトゥー」

「……月末まで戻れないって言っていたのに」

　急いでフォークを置き、スマホをチェックする。

「私には何の連絡も来ていないわ」

「サプライズで喜ばせようと思ったのかも」

「どうしよう」

　キムの顔は、もはや真剣そのものだった。

「イーサン、ギャレットはあのただのマッチョ気取りのジェイなんかとはわけが違うのよ。立ち上がってきてから十二秒きっかりで、あなたを殺せるわ」

「そうだろうね。でも僕は、彼に殺されなきゃいけないようなことは何もしていないけど」

「イーサン。彼はね、私が鼻ピアスをした十七歳くらいの男の子から宅配ピザを受け取る時でさえ、私の真後ろに立って、ずっとその子のことを見下ろしているのよ。まして……」

　その時、アンバーがすっと席を立った。

　バッグを手に、しとやかな歩みで化粧室の方へと向かう。少佐のテーブルの横を通り過ぎかけた途端、突然ヒールの足首が捻《ね》じれでもしたかのように大きくよろけた。テーブルの方へ倒れかかり、その拍子に〈バラスト・ポイント〉の小瓶が倒れてビールが零れた。少佐の膝が濡れた。

「……まあっ、ごめんなさい！」

アンバーが、慌ててバッグからハンカチを取り出す。

「大丈夫ですよ、気にしないで。あなたは平気？」

彼女の肘を軽く摑んで支えながら、少佐が尋ねた。

アンバーが、じっと相手の顔を見つめ返した。紅《あか》い唇が小さくひらいた──少しの驚き、それから──ふわっと広がる、愛らしい羞恥を含んだ笑顔。黒く長い睫毛《まつげ》が何度か瞬く。

トナム少佐の鋼色の両眼に、感嘆の色が微かに動いた。

「人違いでしたらすみません。あの、もしかして──トナム少佐では？　シールズの……」

「そうです」

席からすっくと立ち上がる。身長一七八センチのアンバーが完全に見上げるほどの長身だ。

「あなたは？」

若者の方も上官にならってすぐに立ち、店の出入口の方を斜めに向くような位置で直立する。その視線が、アンバーの顔から胸へとあからさまに移動した。

「まあ、やっぱり……！」

アンバーは初々しく感激を露わにし、思わずというように両腕で自分の体を軽く抱きしめた。張りのある胸の形がさらに際立ち、若者の視界から――もちろん、ほんの五秒ほどの間ではあったが――明らかに他の一切のものが消え失せた。

「初めまして、海軍情報局のロス大尉です。お目にかかれて光栄ですわ、少佐。実は以前、あなたのご活躍のことを父の古い友人から……父は四十年海軍にいて、サンディエゴを最後の母港に、去年退役したんです」

「そうでしたか、それは……。お父上に心からの敬意と感謝を、ロス大尉」

握手を交わしながら、アンバーは目の端で、紙幣をテーブルに素早く置いて立ったイーサンが、キムと共に音もなく店を出ていくのを確認した。

帰りの飛行機の時間はぎりぎりだった。

イーサンとアンバーは空港で待ち合わせていたが、二人が搭乗口へと走り機内のシートに滑り込むのを待ちかねたように、離陸のアナウンスが早口で始まった。

「キムのお父様の感触はどうだった？」

シートベルトを締めながらアンバーが尋ねる。

「悪くない」

イーサンは小さく欠伸をした。

「とりあえず、あちこちに話を聞いてみるって」

「もう、今日は一日ひやひやの連続だったわ。あなたは動物観察と論文書きが仕事の、平和な学究の徒なんじゃないの？　あなたといると、作戦行動の時よりアドレナリンが要る」

「冒険のない人生なんて」

アンバーの肩に早くも頭をもたせかけ、イーサンが眠そうに言う。

「……でも、君は……いつでも、僕を見捨てないね」

「どうかしら。あまりお調子に乗っていると、そのうち痛い目に遭うかもよ」

「見捨てないで」

彼女の手を探って摑まえ、それにキスをする。

「……僕の、アン・ワー」

アンバーは、しばらく黙っていた。

往《い》きの飛行機の中で、彼女はイーサンから、彼がかつてハワイの海で遭遇した不思議なクジラのこと——そして、ロシアで生まれた二頭の仔シャチの、その捕獲の経緯についての話を聞いていた。〈アン・ワー〉という、セブンの奇妙な発声が、実は意味していたらしいもののことも。

「本当に、うまくいくといいわね」

ふわふわした金髪の頭にキスを返しながら、そっと囁く。

「本当に何もかも……」

気付くと、イーサンは既にぐっすり眠っていた。

第10章

出発までのカウント・ダウンの残日数が、遂に十日を切った。

もはや、ミッションに関わるすべての作業が、早送り映像のように突貫で走っている。

セブンは、アリューシャン列島のダッチハーバーまで輸送機で空輸され、そこから大型水槽が設置されたDSV（潜水作業支援船）に移されて、ロシア近海へと運ばれることになっていた。船は本来、海底ケーブルのメンテナンスを行うための特殊船舶である。特に高速船とは言えないが、必要な機材や設備が最初からほとんど整っていることと、現地で一定海域に留まり作業を継続している様子であっても違和感がなかろうという点が優先された。すべてが順調に進んだとして、目的の海域到着まで正味六日間のスケジュールだ。船の方はイーサンらやセブンよりも先に本土を出航し、ダッチハーバーに入港後、最終整備を行いながら後続部隊の到着を待つことになっている。

「輸送機の方は、米国へ運んできた時と同じC－一三〇の新型に決まったらしい」

イーサンはノアに教えた。

「よかったじゃないか。それならいろいろ勝手もわかっているわけだし」

ノアは、少しも「よかった」という顔ではなかった。そもそも、やっと元気になってきたかどうかという状態のセブンを、ここでまた輸送機だの船だのに乗せるということ自体が不安でたまらないのである。彼はセブンの健康を、六日間もの拘束状態の中でいかに維持していくかという難題に苦悩していた。

ノアが突然発作のように訴え出すので、イーサンは例によってソーバーグの秘書に頼み込み、ノアが港湾ドックを訪れ支援船の設備を直接チェック出来るよう、既に何度も手配の労を取ってもらっていた。

『無理もないわ』

魅惑の秘書の名前はサヨコといった。年齢が三十九歳で、母親が日本人。一度の離婚歴があるということも、イーサンは今や知るに至っていた。自分から訊いたつもりはない。不思議なことに、いつの間にか知っていたのだ。

『大切なセブンに、万一のことがありでもしたらと思うと、私でさえたまらない気持ちになりますもの』

「僕もノアも、きっとあのセブンも、あなたには感謝しかありませんよ、サヨコ」

まず、声がいけない、とアンバーは言う。あなたの声は、「ゴミの収集は水曜日」と話している時でも、女の耳にはピロー・トークみたいに聞こえる、だから話がややこしくなるの。だがそう言われても、いったいどうすればいいのだ。この掠れ声は生まれつきだ。

『ミッションが大成功に終わったら、ソーバーグはきっとあなたやノアをＮＹ《ニューヨーク》にご招待することよ』

サヨコが穏やかに言っている。明日世界が滅びると知っても動じないタイプかもしれない。そもそも秘書というのはそのボスよりもさらに気が強くなければ務まらないものだ。ボスが気付きたくないことに気付き、ボスの気が進まないことを代わりに片付け、ボスが言えないでいる断り文句を言うのが仕事なのだ。

『あなたが本社ビルのラウンジ・バーの夜景を気に入ってくださるといいと、私、今から思っているの』

「心から楽しみにしています」

バーの夜景はともかく――サヨコ秘書には確かにいずれ、直接礼を述べに出向くべきだろう。輸送業者や諸々の人員確保、彼らの旅程管理から山のような必要品の手配、経由地での施設利用の許可申請に至るまで、彼女が一切の手配をこうも遺漏なく取り仕切ってくれていなかったら、イーサンは早晩頭がどうにかなっていたに違いない。それ以外の仕事をこなすだけでも既に時間がまったく足りないのだ。

イーサンは、一般の大学でいう准教授と同等の立場にある。平常、大方の事務仕事は研究所内の支援室がやってくれるし、研究室運営に必要な雑務は研究員や研修生たちが分担して片付けてくれている。が、そもそもこのミッションは、イーサンが個人的に引き受けてしまったような仕事だ。それぞれ自分の研究で多忙にしている連中まで巻き込み、彼らの将来を左右するその貴重な時間を奪っていいという話ではない。そうしたにっちもさっちもいかない状況の中で、サヨコのような全面的な信頼を置ける、しかも献身的なコントローラーがいてくれるとは、思わず跪《ひざまず》いて天に——ソーバーグにではない——感謝したくなるようなお恵みではないか。

アンバーは健気《けなげ》にも、イーサンにすっかり放っておかれていても「大丈夫」と言い、休日を丸々使って飼育副主任のテッドを手伝い、出航直前の支援船のプール洗いをした。プール壁がまだ薬品臭い、とノアがうるさく文句を言ったからだ。

ノアのボーイフレンドのチェイスも、鎖骨骨折がまだ完治していないにもかかわらず、手作りのランチや夜食をしばしば差し入れてくれた。チェイスは大柄で温厚な男で、彼がストレスで不安定になっているノアの心身の支えとなってくれていることに、イーサンも自分の立場なりに感謝せずにはいられなかった。あのノアが倒れればこのミッションのすべてがたちまち瓦解するということもあるが、セブンが最後に無事救われても、ノアが壊れてしまったのでは意味がない。

イーサン自身はセブンと、新たなコミュニケート・サインの練習をしているところだった。

「キャン」「行け」という二つのサインで海底のキャニスターを探しに行くという動作は、すっかり覚えた。今は、セブンの方からサインを発することを練習している。「キー」と一度鳴けば「見つからない」、「キー、キー」と二回鳴けば「見つけたが、(把手が破損しているなどして)持ち帰れない状況だ」という意味だ。

把手の破損を前提とし、最初からそれなりに重量のあるマジックハンド付きマウスピースを咥えさせて広範囲の探索へと向かわせるのは、セブンの負担が相当に大きくなると考えられる。イーサンは、なるべくならばそれは避けたいと考えていた。

この期に及んで新たな学習ストレスをかけるのは冒険ではと懸念する向きもあったが、イーサンはそうとは思わなかった。このセブンに関する限り、「新しい学習」は「ストレス」ではない。

「子どもの頃、少年野球のチームに入れと言われるのが嫌だったよ。僕には、家で祖父から貰った顕微鏡を覗いてノートをつけている方が、ずっと楽しかったからね」

カートンに入った炒飯《チャーハン》をスプーンで食べながら言う。アンバーの差し入れだ。

「本当にやりたいことを、自分自身で選ばせてほしいと思っていた」

「それで、結局野球はやらずに済んだの?」

エンクロージャーの通路に並んで腰かけ、春巻を齧りながらアンバーが訊く。

「母や姉や伯母が、無理にやらせるなと父に言ってくれたんだ」

「どうせあなたは、ベビー・ベッドに転がってた頃から女族を手玉に取ってたのよ」

イーサンはニヤッとしただけで応えなかった。

「家族の元へ帰った後も、セブンはあなたに教わったことをずっと覚えているかしら？」

出発は、既に二日後に迫っている。

「どうかな。全部忘れたとしても、もちろん僕は構わない。自分のポッドに戻ることが出来たら、彼はこの先、強くて大きい雄として、リーダーに協力しながらポッドを護《まも》るという責任も持たされるようになっていくだろう。これから新たに覚えていかなきゃいけないことが、きっと山のようにあるはずだよ」

水面でうとうとしていたらしいセブンが、通路をやって来るノアの足音を聞きつけ、つと泳ぎ出した。

ノアが水面に近い低いステージに飛び降り、寄って来たセブンの顔を抱いて頬ずりし出すのを、イーサンは微風の中で、アンバーと共に眺めていた。

「だけど、あのノアのことは、出来ればセブンには覚えていてほしい」

*

カウント・ダウン、ゼロ——

辻褄の合わぬような速さで残り時間も過ぎ去り、遂に出発の朝が訪れた。
研究所のスタッフはほぼ全員、非番の者たちまでもが、早朝のセブンの見送りに集まった。

「いい子だったわよねえ」

所長の秘書のおばさまは、ハンカチを顔に当ててもはや泣いている。

「本当に可愛い、いい子だったわ……私にさえ、お顔を撫でさせてくれたのよ」

しかしそのセブン自身は、空港へ向かうために大型トレーラーに乗せられる時点で、激しい恐怖を覚えたようだ。出発前日は、乗り物酔いを防ぐために魚をまったく与えられない。そのことで既に、彼なりに不吉な異変を感じ取っていたのかもしれない。

クレーンで宙吊りにされている最中に、セブンが悲しげに鳴いてもがいたので、担架が宙で大きく揺れ動き、あわや大惨事かという緊張の場面もあったが、積み込みは何とか事故なく終わった。トレーラーのエンジンがかけられ、その振動がシャチの体に伝わっている状態で、三十分の待機があった。環境に慣れさせるためである。バイタルの数値確認はその間ずっと続けられた。担架の色に白を指定したのは、出血があった時にすぐに気付くようにするためだ。

セブンが怯えてしきりに鳴くので、ノアは車中で一秒も離れずに寄り添い、撫でてやり、声をかけ続けていた。

だが、最も効果があったのは、イーサンが繰り返し聞かせた言葉だったかもしれない。

「ホームへ帰るんだよ、セブン。セブン、ホーム」

故郷の海から、シャチには理解のしようもない無数の事情によってあのエンクロージャーに辿り着くまでの遥かな道程を、セブンが完全に覚えていたかどうかはわからない。だが、「帰る」ためには来た道を戻らなければならないのだ。嵐の外海から、ノアやイーサンの待つエンクロージャーへと、打ちのめされつつも帰ってきた時のように。

空港では、それこそ空飛ぶクジラのような、ずんぐりとした大型プロペラ機が彼らの到着を待っていた。

＊

ダッチハーバーは、ベーリング海と太平洋に挟まれたアリューシャン列島に位置する、北米有数の漁業中心地である。海岸線から望む山々に高い樹木はほとんど見えず、まるで芝草に覆われたかのような絶景が広がっていたが、むろんイーサンにもノアにも観光気分に浸るような時間など一分も無かった。道中のすべてが時間との戦いなのだ。

現地としては奇跡的な晴天に恵まれ、これも奇跡的だという定刻着陸を無事果たしたウナラスカ空港では、熊《グリズリー》のようなむくつけき大男が（一本しかない）滑走路の風の中で、トレーラーと数台の車を従えて仁王立ちに待ち構えていた。

「ジョナスという、信頼出来るコーディネイターを手配しました」

ソーバーグ秘書のサヨコが出発前、メールで念を入れてきていた。

「ダッチでは彼以外の人と、時間に関係した約束や確認をしては、絶対に、絶対にだめよ、イーサン。『ダッチ時間』っていうのは悪い夢みたいなものだから」

完璧主義のサヨコとジョナス両名のお陰で、空港から港へ、そして支援船への移動は、文字通り寸刻の無駄もなく、予定通りに行われた。

五人の子持ちだというジョナスは、相手を不快にさせることなく恫喝《どうかつ》出来るという不思議な才能の持ち主だった。彼に発破をかけられると、現地の係員や作業員たちは皆、笑いながらもてきぱきと的確に動き出すのだ。しかも彼は、その毛むくじゃらの荒々しい外見に似ず実に親切な好人物で、イーサンとノアが港に移動する車中でちゃんと食事が出来るよう、「あんた方のために女房が料理した」弁当まで用意してくれていた。

イーサンには、恐ろしく新鮮なタラバガニの、ガーリックの効いたバター・ソテーをたっぷりと挟んだサンドウィッチ。カニはベーリング海から揚がったばかりのものだという。ノアは、ヴィーガンである彼のためにジョナスの妻がわざわざレシピを探し回り、ひよこ豆のカレー炒《いた》めとソイミルクを使ったマフィンを初めて作ってみてくれたのだと知って、大感激した。二人は物も言わずにそれぞれガツガツと食べ尽くした。

「君がそんなに熱心に早く何かを食べるの、初めて見たよ」

マフィンの最後の欠片を口に押し込みながら、ノアがイーサンに言う。

「ジョナス家の養子になりたい」イーサンは車が停まると同時に、ボトルの水を飲み切った。「……まだ空きがあれば」

*

DSV〈ミネルヴァ号〉は全長約百メートル、モノハル型の中古チャーター船である。セブンのための水槽は、船内のムーンプールの真上に新たに設置されていた。ムーンプールとは、〈ミネルヴァ号〉のような支援船や海上プラットフォームなどの底に設けられる一種の出入口である。本来は人や機材が船内と海中とを行き来するために使われる開口部なのだが、今回の工事で、水槽を降下させ底を開けばセブンがそのまま海中に潜っていける仕組みへと改造されていた。

港の大型クレーンで、セブンは彼の「最後のプール」となるはずのその水槽へ、慎重に下ろされていった。すぐに獣医が採血を行い、感染症の予防薬とカンフル剤を投与する。

水槽の水位は暫定七十センチ。シーツで顎を上げさせつつ、体の痺《しび》れが消えるまで、ノアが付き添った。自力で泳げるようになり出すのを見計らい、徐々に水位が上げられてゆく。

「とうとうここまで来たな！　我らがヒーロー、セブン！」

出航五分前になって、NYから飛来した〈RBグレンツェ〉のソーバーグが、意気揚々と乗船してきた。ミッションのグランド・フィナーレを自ら見届けるため、ここからは彼も同行することになっているのだ。そうなると前もって知らされてはいたものの、イーサンは内心「面倒くせえな」と思わずにはいられない。

「ずいぶん、育ったのかな？　プールのサイズのせいでそう見えるのか？」

セブンを見るのは米国到着以来だというソーバーグは、水槽の中のシャチの姿に、意外なほど驚いたようだ。一瞬で心を奪われたように、身を乗り出して覗き込んでいる。

「ほう……、これは実際……立派なものだ。前に見た時には、いかにも子どもっぽいところが残っていたように思うが。大した迫力じゃあないか」

「これでもシャチとしてはまだまったくの子どもです。最初の頃は衰弱していたし、ひどく怯えてもいたから、小さいという印象を特に与えたんだと思いますよ。ダニー、よければあちらへどうぞ。今後の予定を確認しましょう」

イーサンは食堂の方へと相手を誘った。とりあえず今は、ノアとセブンのあれこれを邪魔させてはならない。

出航のサイレンが鳴り出した。

イーサンはソーバーグに断りを入れ、狭い階段を急いで上部デッキまで上がった。潮風の吹きすさぶ埠頭に集まった作業員たちの中に、サングラスをしたジョナスの大きな体が混じっている。イーサンの姿を見つけ、腕を高く上げると、その手の親指を立てた。

イーサンも、思わず笑みを零した。そして同じく指を立てて返した。


「君から見て、セブンの調子はどんなだい？」

未精製のブラウンシュガーとソイミルクを多めに入れた熱いコーヒーのマグを、相手の凍えた手に慎重に手渡しながら、イーサンは尋ねた。陸から遠ざかるにつれ、船の揺れも大きくなってきている。

「いいとは言えない」

ノアの唇の色が悪い。副主任のテッドにしつこく言われてようやくセブンの付き添いを交代したのだが、冷たい海水の中に長時間いすぎたのだ。保温性の高いドライスーツを着てはいるが、グローブはいつもしないので、手がまだらに変色している。

「だいぶ落ち着いてはきたけど、すごく疲れてる。当たり前だよ」

「そうだよな。給餌《フィーディング》はどうする」

ノアは時計を見た。「あと二時間くらいしたら、切り身から始めてみる」

「わかった」

フィーディングのコントロールは重要だ。これから自然界にリリースしようというシャチについてはなおさらのことである。

飼育下にあった小型クジラ類は、人から死んだ魚を貰うことに慣れてしまうと、たとえ目の前を生きた魚が泳いでいても、それを「食物」として認識しなくなる傾向がある。それではもちろん、野生動物としてこの先を生きていくことは到底不可能だ。

ノアはイーサンと共に、当初からその危険性を懸念していた。エンクロージャーにおいても、毎日決まった時間に餌を与えることはずっと避けていたし、健康状態が安定したと判断されてからは、生きた魚を囲い内に放す形で与えるという比率を徐々に上げていった。魚が逃げ込めるようなボックスやパイプなどを複数沈めておき、セブンが自分で工夫しなければ美味しい魚を食べられないという状況をつくり出しもした。セブンが尾びれで水面を叩き、ボックスに衝撃波を送り込んで、気絶した魚が見事にそこから流れ出して来た時には、ノアとイーサンは思わず拍手して喜んだものだ。

そうした環境づくりは、逆に言えば、セブンに訓練を施そうとする際に彼が魚の切り身を貰うことに惹かれなくなるという可能性をも常に含んでいた。しかしセブンは、あらゆる意味で際立って個性的なシャチだった。彼は、魚を貰えても貰えなくても、訓練という〈ゲーム〉そのものが最初から好きだったのだ。

「ノア、もう少しだよ」

イーサンは相手の肩に手を置き、軽く揺すった。

「君もセブンも、ここまで本当によくやった。心から敬服するよ。あと数日で、きっとすべてのことが報われる。ほんの数日だよ。お互いベストを尽くして、一緒に――セブンのために、これを乗り切ろう」

コーヒーの湯気を見下ろしていたノアが、疲労に充血した目を上げてイーサンの顔を見た。

「……自分でも、情けないけど……もう、チェイスが恋しい」

「どうしてそれが情けないんだ。僕なんかさっき、髭面の船長に向かってアンバーと呼んじまいかけた。ノア、とりあえず一つ、いいニュースがある」

顔を近付け、耳打ちする。

「あのソーバーグ氏はどうやら、ものすごく船にお弱いらしい。当分、自分の部屋から出てこないよ……」

言い終わるより早く、船がやや豪快にローリングしてくれた。

＊

経験しなければわからぬことというのは多いが、その中でも絶対にそうだと言えるものの一つが、船酔いという苦しみだろう。異常な悪意を持った何ものかに、あらゆる角度に振り回され、持ち上げられ、落とされ続ける。世界が緑の蛍光色にチカチカ光り出すような、止まらぬ眩暈《めまい》と嘔吐《おうと》感。逃げ場がどこにもないという絶望が、さらにその苦《く》悶《もん》に追い打ちをかける。

（もう陸へ戻る、ヘリを呼べ、と言い出してくれないかな）

スポンサーとして特別に割り当てられている個室の、だが狭さはお馴染みのベッドで、ソーバーグがバケツを手放せないでいるところを見舞いながら、イーサンは内心で無情なことを考えた。〈ミネルヴァ号〉の上部デッキには一応ヘリポートがあるのだ。

「この嵐は、あとどれくらいで、抜けるんだ」灰色がかった顔で、ソーバーグが呻《うめ》く。

「……あらし？」

嵐など、今のところ遭遇していない。ベーリング海が本格的に牙を剝き始めるとしても、それはまだもう少し先になりそうだ。これから船が向かおうとしている北西方向にやや発達した低気圧があるというので、クルーが状況の注視を続けているところである。今のこの程度の波浪なら、むしろアリューシャン列島の南側ルート、北太平洋環流に逆らい、かつ極東生まれの低気圧ともぶつかりかねない航路の方が、もっと揺さぶられていたかもしれない。

「波はおそらく数時間はこの程度だと思いますが、その頃にはあなたの体も、きっとこの揺れに慣れていますよ」

さすがに少々気の毒になり、イーサンは一応慰めを口にしてみた。彼自身は乗り物酔いは滅多にしないが、徹夜で飲んだ後にフィールド・リサーチのための船に乗らされ、外洋に出てから死ぬ思いをした経験が一度ある。ソーバーグの今の苦しみが、まったく理解出来ないというわけでもない。

「酔い止めの薬は飲んでいない？」

「飲んだとも」ソーバーグが歯を食いしばる。「サヨコに、三種類、持たされた」

さすがのサヨコ秘書にも、このボスの三半規管を救う手立てはないものと見える。

その時、ポケットでスマホが鳴動した。

部屋を出たイーサンは、頭をぶつけそうに天井が低い狭い通路を抜け、デッキへの階段を二段飛ばしに上がった。吹き抜ける風の中に飛び込み、四コール目で電話に出た。

「アンバー？」

『船酔いしていない？』

彼方に置き去りにしてきた、懐かしき、愛すべき日常の朗らかな声が、微かにぶれながら響いてきた。

「しているよ。ソーバーグが」

『道理で、嬉しそう』

彼女が笑う。

『あなたとノアは元気なのね？　セブンはどう？』

「ノアとセブンは頑張ってる。僕もだよ。気付いたら、なんともう七日も禁酒中だ」

『なんですって？　まさか』

「そのせいかな。唇があまり乾かなくなったよ」

『そう……触って確かめられなくて、残念』微かな溜息。

「僕も、触ってほしい」

海風に髪が激しく煽られた。

「君がものすごく恋しいよ。どうしてここにいてくれないんだ」

『行ってしまったのは、あなたの方でしょ。――すごく寒そ――風――音ね』

アンバーの声に、雑音が混じった。

『くれぐれも気を付けて、イーサン。帰ってきたら、私がゆっくり温めてあげる』

北太平洋のこの夏の天候は記録的な荒れ模様だったが、秋から初冬に入り、空や海は逆に落ち着きを取り戻してきていた。不機嫌だった時期の埋め合わせを今頃黙ってするかのように、十一月のこの海としては奇妙なほど平穏な海況が続いた。暴風らしい暴風にもまだ一度も見舞われず、澄んだ青空さえしばしば拝める航海であることに、船の一同は驚き、そしてもちろん大いに喜んだ。

六日目の日没前、〈ミネルヴァ号〉はロシアのEEZ境界へと辿り着いた。

「明日の朝、シャチを海中に下ろします」

投錨《とうびょう》も無事済んだ夕食後、食堂に集めた主要スタッフを前に、イーサンは予定の概略について最終確認した。

「〇六〇〇シャープに作業開始。船の推進機関は全停止。主任飼育員と獣医によるシャチのコンディション確認後、背びれの後ろに生物遠隔測定《バイオテレメトリ》用の衛星タグを装着。水槽の海水を再度入れ替え、水質と水温にシャチが適応するのを待つ。適応が確認出来たら、ムーンプールの仮ハッチを開く。異状のないことを確認後、水槽を降下、底を開く。飼育員二名がダイバーとしてシャチに付き添う。彼らが船の下から水面までシャチを誘導する。僕とダイバー四名がサポート・ボートで待機。シャチが落ち着くまで、船の周辺を泳がせる。目標としては、以上のステップを一二〇〇までに終了したいが、状況によって後ろへずれ込むことが十分あり得る。それぞれの持ち場で、焦らず、全員がシャチのコンディションを最優先にする心積もりでいてください」

「低気圧の前線通過があるが、今以上に風雨や波が強まることは、この二十四時間はなさそうです。少なくともここまでは、信じられんくらい運に恵まれてるな」船長が言う。

「我々はツイているんだ。間違いない。ツイている。そして、いよいよだ」

ソーバーグが高揚した面持ちで呟いている。イーサンの密《ひそ》かな願いも叶《かな》わず、船酔いは出発からほんの一日で収まってしまっていた。

「シャチに付ける衛星タグだが、改良したって?」

「ええ、うちの研究所の技術チームが」

イーサンが答える。

「前と同じ吸着式ですが、セブンのいつものジャンプ程度の衝撃でなら、今度は落ちないはずです。もちろん、何かにぶつかりでもすれば別ですが」

「ビスか何かでしっかり留めた方が安心じゃないかね。昔テレビで、イルカの背びれにそうやって機器を付けてるのを見た気がするぞ」

「低侵襲性の方がいいでしょう。ピンやビスで留めるのは、当然痛みを伴いますから」

「それが、どうした？」

ソーバーグが、きょとんとする。

側で黙って聴いていたノアが、ぎょっとしたように彼の顔を見た。

「ちょっとピアスの穴を開けるようなもんだろう？」

（おまえにも、極太のビスで鼻ピアスしてやろうか）

イーサンは胸の裡《うち》で冷ややかに罵倒したが、口では別のことを言った。

「痛みが行動に影響を与えてしまう可能性が高いですよ。小型クジラ類の中には、体に何かを付けられること自体を極端に嫌がる個体もいます。自分で何とか取り除こうとしだしたりね。開けた穴は、失敗だったとわかってもすぐには塞がりません。土壇場で想定外の行動に走られたら、今までの訓練が文字通りすべて水の泡になる。最悪の場合、逃げ出して戻らないかもしれない。用意した吸着式タグなら、セブンは嫌がりませんよ。それは確認済みですから」

「そうか。じゃあ仕方がないな」

ソーバーグが渋々と言う。

「所詮、動物のすることなどわからんしな」

イーサンとノアは、黙って視線を交わした。

*

日の出にもまだ遠い早朝、作業は開始された。

セブンの水槽がゆっくりと降下する。実際に降りたのは二メートルほどだったが、その振動と音にセブンは驚き、水を跳ね上げて激しい鳴き声をあげた。しかし本格的に暴れ出す前に水槽の底が開けられ、彼の真下には突如、二百メートルもの暗い深淵《しんえん》が出現した。

待機していたノアとテッドは、驚いたようにじっと海中に浮かんでいるセブンの方へとすぐに泳ぎ寄っていった。

『ノア？』

海面のサポート・ボートにいるイーサンの声が、クリアな音質で耳元に届く。

「すべて順調。無事海中に降りてきた」

ノアは応えた。シャチの向こう側で立ち泳ぎをしているテッドに、サインを送る。

「これから、左舷方向の海面まで誘導する」

フルフェイスのマスクで頭部も覆われていたが、セブンはそれがノアだと気が付いたようだ。保護者を見つけた迷子のように、小さく口を開け、両の胸びれをひらいて接近してくる。

その幼げな動作に、マスクの下で、ノアは思わず微笑みそうになった。

瞬間——

突然、セブンの体が大きく傾いた。

もがくように体が捻じれ、その尾びれの裏側がいきなり正面から迫って来るのを、ノアは見た。車に撥《は》ね飛ばされるような衝撃が全身を揺るがした。

『……ノア！』

テッドの絶叫。

『ノア——！』

海中で失神したノアの体はすぐにボートに引き上げられ、急いで母船へと運び上げられた。左脚の脛骨《けいこつ》と腓骨《ひこつ》の骨折である。セブンの尾が当たる直前にノアがかろうじて体を逸らすのをテッドが目撃しており、それが命を救うことになったのかもしれないと、三十代の男前な船医は言った。まともに頭や胴体部を直撃されていたら、それこそひとたまりもなかったに違いない。

「……セブンは？」

医務室での治療の途中でノアは意識を取り戻したが、彼の手を握っていたイーサンと目が合うと、朦朧《もうろう》としながらも最初に尋ねた。

「無事に水槽に戻ったよ」

イーサンは穏やかに言って聞かせた。

「今は静かに休んでいる。彼は大丈夫だ、ノア。テッドがずっと目を離さず付き添っているよ」

「わざとじゃない」

ノアはまた目を閉じた。顔がまだ白茶けている。

「あれは、絶対に、わざとなんかじゃないんだ……」

「わかってる。誰もそんなふうには思っていない。安心して、今はゆっくり休んでくれ」

ノアは目を閉じたままだ。そっと、イーサンの手を握り返した。

「一時間前と八分前に、ロシアの哨戒機《しょうかいき》が上空を通過していきましたよ」

船長が言った。

「気にするな」

ソーバーグが応える。

「ここいらはまだ公海だ。海底ケーブルの所有者である共同事業体にも、根回しはしてある。海底地震だって例によって頻発しているんだ、我々がここで海底の状況を気にする素振りを何日かしていたからって、ロシアに文句を言われる筋合いなんぞ何もない。そのためにこそ、わざわざこの船を選んでチャーターしたんだぞ」

「筋合いがなくとも、突然現れて追い払おうとしてくるのが、軍隊ってやつなんですがね」

「イーサン」

　ソーバーグが呼ぶ。

「シャチはまだ使える状態にならないのか？　船長が、これから邪魔が入るかもしれんと気にしている」

「僕も気になっていることがあります」

　イーサンは獣医との立ち話を終え、二人の方へと歩み寄った。

「どうしてセブンがあの時、あんな風に突然暴れることになったのかが、まだわからない。初めてのことなので」

「何かが気に入らずに、癇癪《かんしやく》を起こしたんじゃないのか。まだほんの子どもだと君も言っていたろう」

「セブンは癇癪を起こすタイプの子どもではありません。まして、最も信頼して懐いているあのノアがすぐ側にいたんです」

　イーサンは状況の不審さを説明しようとした。

「自分の大きな体が急に動いたらノアが危ないということを、彼はよくよくわかっていた。セブンがノアに対して、ほんの僅かでも危険行為に及んだことはこれまで一度もない。エンクロージャーで同居していたイルカのふざけ方が激しくなると、若いセブンの方がノアの救済にやって来たことが何度もあるほどです」

「だがいくら天才シャチでも、結局は動物のすることだろう。完全な行動予測は不可能なのでは？　水族館のシャチが、ベテランのトレーナーを死亡させた例だってある」

「セブンが水槽で今あれほど消沈しているのは、自分がしてしまったことをはっきり理解しているからです。意図してやったことではないんだ。おそらく初めて経験する何かが突然起きて、彼をパニックに陥らせたんですよ。それが何であったのかを僕は突き止めたい。そうしないと——」

「イーサン。いま君がいるのは君のあの研究所じゃないんだ」

ソーバーグが手振りを交えて言う。

「ここは、北米から何千キロも離れた海の上だ。我々は既に莫大な費用を投じ、ようやくここまで辿り着いているんだぞ。そしていつまでもここに錨をぶち込んでおくわけにもいかない。夏の時季でさえ、あの研究船や漁船は急な嵐に襲われ、離脱が間に合わず沈んだんだ。それとも君は、今この時になって、あのシャチには結局、ミッションを遂行するだけの適性がなかったとでも言おうとしているのか？」

「今回の件に適性がある野生動物など、最初から存在しません」

イーサンの瞳が、鮮やかな緑色になっている。

「我々は偶然にも、セブンという極めて知的な個体に巡り会うことが出来たに過ぎない。そして彼は、不運にもこのロシアの海で人間に捕獲されてしまったために、こうして我々の都合に合わせ、その能力の一部を強引に利用されているだけなんだ。あなたもせめて少しは、あのセブンのここまでの忍耐と努力に感謝し、彼に対して敬意を払ったらどうなんです」

「海獣に払う敬意なぞ、持ち合わせてはいない」

ソーバーグの声が大きくなった。

「動物の頭にさんざん穴をあけてサイボーグ手術をしていた君に、今さら言われる筋合いもない。君もミッションの責任者の一人なら、この期に及んで感情論なんぞ持ち出さず、現実的な打開策を提示したまえ。方法はどうでも構わん、今夜中に明日からのリトライの目途をつけるんだ、いいな？」

＊

部屋に戻ってみると、寝棚で休んでいるはずのノアの姿がない。松葉杖《まつばづえ》も消えている。

イーサンは通路を急ぎ、セブンの水槽へと向かった。

ノアは杖を脇に置き、水槽の縁に横たわって、上からセブンに話しかけていた。

「魚を貰ったんだね」

頬杖をつき、にこにこしている。

「食べないのかい、セブン」

泳ぎ回る魚たちの中で、セブンは頭を水面ぎりぎりに出している。イーサンの眼には、その姿はまだどこかおどおどしているように映った。

ノアを自分の尾びれで撥ね飛ばした後、セブンは完全に恐慌に陥ったらしい。おそらく逃げ出したい気持ちとノアへの気がかりとに引き裂かれて、闇雲に泳ぎ回っては潜水と浮上をせわしく繰り返していた。気絶しているノアの体が母船上へと無事引き上げられると、イーサンはテッドと共に潜り、興奮しているシャチを時間をかけながら再び水槽へと誘導したのだ。

イーサンはノアの隣に腰を下ろした。

「ヘイ、セブン」

セブンがポチャリと頭を沈めた。もしここが研究所のエンクロージャーだったら、海藻の林に顔を隠しに行っただろう。悲しく、恥ずかしく、本当にいたたまれない気持ちなのに違いない。だがこの狭い水槽に逃げ場はなく、せいぜい方向転換をするくらいのスペースしかないのだ。

ノアが合図し、テッドが魚の入ったバケツを持ってきた。テッドは一応ドライスーツをまだ着ているものの、ノアの事故が起きたばかりなので、しばらくは誰も水槽に入らないことになっている。

イーサンは、そっと口笛を吹き出した。エンクロージャーにいた頃に、時々セブンに聴かせていた『Come As You Are』。

しばらくして、セブンの頭がゆっくり浮かび上がってきた。ノアがバケツの魚を掴み、手すりの隙間から腕を差し出す。シャチの口が、少し開いた。ノアはそこへ何匹か放り込んでやった。

（食べたいというより、今はただ、ノアの望みに応えたいだけなのかもな……）

自分たちはいったいいつまで、この仔シャチの愛情深さ、その我慢強さに甘えていなければならないのだろうか。

「ノア」

様子を見守りながら、イーサンは口を開いた。

「明日の朝、もう一度トライしようと思う。僕が君の代わりを務める。どう思う？」

「……セブンがどうしてあんなに驚いたのか、君、何か見当ついた？」

「まだ、つかない。どこかの海底地震でも感知したのかと思ったんだが、それらしい情報は確認出来なかった。だが一方で、彼をこの狭い水槽にずっといさせ続けるのも、もう限界だろうと思っている」

ノアは、魚をさらに何匹か摑んだ。セブンの口の中へと放る。

「そうだね」

彼らはそれから二時間ほど、セブンと共に、ただ静かに話をしながら過ごした。

*

翌朝六時。気温は低いが、今のところ降水はない。流れの速い雲の切れ間からは時折、星のまだ残る空も覗いている。

前日と異なり、セブンは海中に下ろされても特に動転することはなかった。しかしやや用心深い態度を見せ、ボンベを背負って泳ぐイーサンの近くから一定の距離以上離れようとしない。

テッドと共にセブンを誘導してしばらくゆっくりと船の周囲を泳ぎ回ってから、イーサンはサポート・ボートに上がった。フルフェイス・マスクを外す。

二メートルほど離れた波間で、セブンが顔を覗かせている。

「セブン、おいで」

さらに寄って来たシャチの頭に、グローブを外した両手で触れた。既に隅々まで知っている、そのモノトーンの顔——アイパッチの側の両目。興味を持った物は何でもつついて観察してしまうので、口先に小さな掠り傷が付いている。乳を飲む時の赤ん坊シャチのように、くるっと丸める癖のある、大きな舌。

「いい子だ、セブン」

イーサンはその舌を摘まんでやり、顔を撫でさすり、何度もキスを与えた。

「ノアもイーサンも、セブンを愛しているよ、心から」

キュウ、とセブンが鳴いた。

船のデッキから、ノアが手すりを摑み、身を乗り出すようにしてこちらを見ている。

(おまえは、特別な子だ)

イーサンは心の中で呟いた。

ソーバーグは気付いていない。このセブンというシャチは、〈RBグレンツェ〉がここまで必死に回収しようとしているあの微生物と同じくらいに奇跡的な存在なのだということに。

ソーバーグは自身で言った。

「自然界では、いわゆる突然変異というのが常に起こり続けている。そしてその結果、偶然によるものか、あるいは未解明の必然としてなのか、時折そういう予想外のレベルまで変化を遂げた奇才たちが現れる」

野生動物としての本来の日常には不必要であるのかもしれない、幾つもの突出した能力。そして種を超えた他者への温かな関心とを共に備えて、この子は生まれてきた——そして今、自分たち人間の力によって、否応なしにここまで数奇な運命を辿らされている。

(もうじきすべてが終わったら。ホームへ帰ろう、セブン。もうじきだよ)

「さあ、行っておいで。そして、必ず、必ず無事に戻って来るんだぞ」

イーサンは、キャニスターが沈んでいるはずの方角を、腕をしばらく水平に伸ばして明確に示した。それから「キャン」「行け」のサインを出した。

すぐに、セブンが身を翻した。その巨体の起こした波がボートの腹にザブリと当たっていった。

濡れた髪に、顔に、たちまち氷の皮膜を張るような風がびゅうびゅうと吹きすさんでゆく。

イーサンはそのまま、遠ざかる背びれが遂に見えなくなるまで、じっと見送っていた。

「キャニスターの沈没地点まで、ここから直線でほんの十六・四キロ」

ブリッジに設置されたスクリーンの海図上では、セブンの発する信号のモニタリングが始まっていた。ソーバーグは、もはやそこから一時も目を離す気になれないらしい。

「いいぞ、セブン。その調子だ。そのまままっすぐ、どんどん進め！　たとえでっかいサメ野郎が現れたって、おまえならやっつけられるぞ。海の王者だ、行け、行け」

急に強まった風と波のせいで母船に戻るのに時間がかかったイーサンは、そのスクリーンを少し覗きに寄った後で、ようやく下のデッキまで戻った。ドライスーツを脱ぎ、寒気がしたので熱いシャワーをざっと浴び、自室に寄ってもう一度タオルで頭を拭う。寝棚に腰を下ろし、水を何口か飲んだ。まだ今日の仕事は始まったばかりだというのに、妙にぼうっとし、重だるい疲労を覚える。いっそこのまま横になって少し休みたいほどだ。

（なんだ、これ……。低血圧のせいか）

ああしてセブンを見送るという、ただそれだけのことが、これほどエネルギーを奪うものだとは思わなかった。しかし今は、もちろん寝てなどいられない。

珍しく、食欲の有無とは別に、何か腹に入れた方がいいような気もした。食堂では二十四時間熱いスープをサーヴしている。ブリッジへ持っていって、ノアとモニターを見ながら飲もう。無線機と衛星携帯電話を取り上げて、再び階段を上がり出した。

その携帯電話が、鳴った。

『――サン』

「……アンバー？」

イーサンは階段を二段飛ばしに上がった。デッキに出、急いで太いアンテナを空に向ける。頭が重くて働かないせいで、つい衛星の方角とは逆側のデッキに出てしまった。船のブリッジや上部デッキが角度的に邪魔だ。受信がうまくいかない。

「アンバー、聞こえるかい？」

クレーンの音が恐ろしくうるさい。セブンが無事出かけていったので、海底ケーブル点検の振りという目くらましの作業が始まったのだ。イーサンは片耳を手で塞ぎ、歩き回りながら何度も呼びかけた。

「どうした？　君、大丈夫か？」

『イーサン――』

向こうも聞こえにくいらしい。研究所の備品である旧式の衛星電話を持たされてきたのだが、やはり自腹を切ってでも、もっとまともなのを買うべきだった。衛星のカバー範囲の影響もあるのか、特にこの海域に入ってから通話が切れてばかりいる。

『聞こえる？　私、今――あま――話せな――』

「聞こえるよ、君、大丈夫？　何かあった？」

『――潜水かん――』

……潜水艦？

『演習かも！──気をつ──』

通話がそこで切れた。イーサンは、掌の携帯電話を見つめた。

（潜水艦──）

（演習）

アンバーは、米海軍情報局の人間だ。

イーサンの顔から、音を立てて血の気が退《ひ》いた。

＊

セブンの信号が奇妙に迷走した挙句、モニター上から忽然《こつぜん》と消えたのは、それから二時間後だった。

「こうなると、例の哨戒機の連続飛来は、通常のパトロールというよりも周辺海域の下見だったのかもしれないですね」

ブリッジで、一等航海士が言う。

「今朝もわざわざこの船の真上を通っていきましたし」

「この近くで軍事演習があるなんて、そんなこと、前もって確認しておけなかったんですか！」

為すすべもなくセブンを見失い、ノアは忍耐も尽き果て、もはやすっかり気色ばんでいる。その肩を、椅子の側に立つイーサンが軽く押さえた。

「潜水艦の演習が事前に公表されることなど、あり得ない。そもそも潜水艦ってのは、海に潜って隠密行動をするために作られてるものですよ」船長が答えた。

「まして、ロシアだ」

ソーバーグが渋い顔で言う。

「天気が意外にもっているから、あちらはあちらで、自分たちの計画を進めることにしたのかもしれん。だがそもそも、君の言う軍用ソナーの威力とはどの程度のものなんだ、イーサン？　セブンのミッションに影響するほどか？　信号が途絶えたのには、何か別の理由があるのでは？」

「威力というのを音量という意味で言うのならですが、だいたい二百デシベル台前半くらいまででしょう。米国やロシアのように広い海域で作戦展開する軍の潜水艦は、より遠方の敵艦を探知する必要がありますから、艦首に大型ソナーを装備することが多い」

イーサンが答えた。ソーバーグの顔から疑問符がまだ消えないのを見、言い方を変える。

「二百デシベル超というのは、人間の耳の感覚で言えば、サターン型ロケットの打ち上げ時に、その真横に立って聞くのと同じくらいの音ですよ」

ソーバーグはさすがに驚いたようだ。

「だが……、泳ぎ回っているシャチがその音量を実際に真横で浴びるわけじゃないだろう？　海中では、音波の減衰がある程度起きるんじゃないのかね」

「減衰の程度は、周波数によるんです。それが低周波のソナーであった場合、音波源からおよそ四百八十キロ離れた場所でも、まだ百四十デシベルもの音量が残りかねないという、米海軍による推計があります。念のために言うと、これは大型のクジラの動作に影響を及ぼすとされている水準の百倍以上の音量です。シャチの可聴域は基本的に大型のクジラより高いので、低周波の影響度合いについて同一視はむろん出来ませんが、しかし従来のデータから推測する限り、すべての海洋哺乳類は少なくとも三百ヘルツ程度以上の周波数によって影響を受けます。低周波の曝露というのは、連続すればですが、イカやタコといった本来聴覚に依存していないとされる無脊椎動物でさえ殺すんです」

ノアは既に、泣くのを必死に堪《こら》える顔になっている。

音を頼りに海を泳ぐ鯨類にとり、船舶のソナー音は方向感覚を失わせる原因となり得るという説は、長く主張されてきている。軍事演習が行われた海域でクジラやイルカが座礁したり、脳や耳からの出血を起こしたりしたという事例は世界各地で報告されており、動物愛護団体などによる海軍への告発が続いている状況だ。

「ロシア軍のソナーであったのかどうかは不明だが、異常な音響はこの船でも感知しました」

船長が言った。

「ただ、例のクレーンが作動中でしたからね。その音と震動に紛れて、船員たちの間でも特に気付かなかったという者が多いようです」

「人間でも、ソナーの音量が原因で遊泳中に負傷することがあります」

イーサンがソーバーグに言う。

「一方で、もっと周波数の高いソナーもある。こちらは水中での減衰が大きいので、通常は機雷や氷山の探知などに使われる、いわば近距離用です。人間の耳には聞こえない域でも、シャチには聞こえます。元々、軍用ソナーの周波数帯域と鯨類の聴覚感度帯域というのはほぼ一致しているんですよ。だからその音圧レベルが彼らの内耳に大きな影響を与えてしまう。こうなると、昨日の朝、セブンが海中で突然ショックを受けたのはそれが原因だったという可能性も出てくる。もしそうだとしたら、潜水艦は既に、高周波ソナーが使用可能なこの船の数キロ以内、かつ水温躍層《すいおんやくそう》の上まで来ていたということにもなります。この船が機関停止していてほとんど音を出していなかったから、ただ聞き耳を立てるパッシブ・ソナーではうまく識別出来ず、パルスをぶつけるアクティブ・ソナーでとりあえず距離を確認しようとしたのかも」

「数キロ以内？」

ソーバーグの強気が、ややぐらついたのが見て取れた。水面下でロシア軍の潜水艦が不気味な沈黙を保ちつついつの間にかそんな距離まで近付き、ソナーのパルスを発してこちらの様子を窺っていたという図を、まざまざと思い浮かべたらしい。

「こっちがしていることを、連中に気付かれたかな？」

「何を？」と、船長。

「我々はまだ公海でのケーブル点検の素振りを、ようやっと始めたところですよ。これまでにしたと言えるのはシャチ一頭の出し入れだけだ。あちらさんが警戒したのは、むしろこの船が静か過ぎたからでしょう。逆に、ろくな確認もなしにうっかり浮上され、衝突されなくてよかったとも言える。間抜けな潜水艦による当て逃げ事故というのは、存外珍しくないですからな」

「……だが、もしまたそのソナーのせいで、キャニスター捜索中のシャチが動揺したら？」

ソーバーグもようやく、目の逸らしようもないリスクを認識したようだ。

「どういう展開であれ、今は待つしかありません」

イーサンが言った。

＊

「このまま、黙って逃げてくれればいいのに」

部屋に戻り、寝棚へ入ったノアの背中へイーサンが枕をあてがってやっていると、そのノアがふいに口を開いた。

「ノア」

「ミッションなんか、僕はもうどうだっていい。セブンがただ無事に、安全なところまで逃げてくれさえしたら……！」

「ノア、すまない」

イーサンは床に座り、歯を食いしばる相手の顔を覗き込んだ。

「このミッションを引き受けようと言ったのも、今朝セブンをああして行かせてしまったのも、すべて僕の責任だ。本当にすまない」

「……君のせいじゃない」

ノアが、強く目を拭う。

「き、君は、いつだって、セブンを狭いとこから助け出したいと……心から思って、そうしてきただけなんだから」

「ヴィリュチンスクに原潜基地があることは、僕も最初からわかっていた。だけど、ロシア海軍の演習はたいてい夏に行われてる。冷戦時代ならともかく、この悪天候の季節に、まさかわざわざこちら方面に訓練を展開するとは思わなかったんだ。ベーリング海峡は狭くて浅いから、潜水艦は発見もされてしまいやすいはずだしね。僕がそう考えていると知っていたからこそ、情報を得たアンバーは急いで知らせようとしたんだよ。昨日のセブンのショック状態を見た時に、僕が当然、この可能性にも気が付くべきだった」

ノアは、赤くなった目でじっとイーサンの顔を見つめ返した。

「……イーサン。セブンの信号が消えたのは、ソーバーグの言う通り、何か他の理由からだと思う？　僕らの予想より激しく跳ねたりしたとか……？」

「…………」

その必死な眼ざしに、きっとそうだよ、と言ってやりたかった。あの温厚な、優しいチェイスだったら、おそらくそう口にして慰めただろう。

「わからない」

だが、イーサンは正直に答えた。ノアの手を上から自分の手で覆い、ぎゅっと握る。

「でも、そうであってくれることを、君と同じくらい強く願っている」

早い日没がやって来た。

イーサンは分厚い防寒着にくるまり、双眼鏡を手にずっと左舷デッキに立ち続けていた。

「低体温症になりますよ、イーサン」

テッドが蓋付きのカップを手に、白い息を吐きながら揺れる床の上を歩いて来た。スープの匂いのするカップを手渡す。

「もう、中へ入らないと。アンバーのところへ、あなたの氷像を担いで帰る役はごめんですからね」

「彼女は君のことが好きだから、鉄拳を振るったりしないよ」

「いや、どうかな」

白い歯を覗かせて笑う。

「きっと今も、死ぬほどあなたのことを心配してるんじゃないかな。アンバーは素晴らしいひとです。彼女のためにも、あなたはもっと自分のことを大事にしてくれなけりゃ」

イーサンは微笑し、テッドの無精髭の生えたいかつい顔を見返した。

「わかったよ、テッド。サンクス。あの残照が消えたら、どうせもう何も見えなくなる。そしたらすぐに中に戻るから」

テッドが頷き、ポンポンとイーサンの腕を叩いていった。

＊

折り重なる灰色の雲の彼方で、僅かに残っていた朱色の滲みが、みるみるうちに冷えびえと褪めてゆく。凄まじい密度を持った夜の重さがすべてにのしかかり始める。

その闇と惨《むご》いほど吹き付ける冷感とに、なぜか奇妙な一体感を覚え、それは今の自分を満たしているものとあまりに同質だからだということに、意識のどこかでぼんやりと気が付いた。

(…………)

あれだけ幾度となく、恐ろしい思いをさせてきたのに。セブンはほんとうに何の疑いもなく——ただ素直にイーサンの指示に従い、いつものようにまっすぐに——独りぼっちで、初めての水平線へと泳ぎ去っていった。まるで遠くへと使いに出かけてゆく、大きな仔犬のように。

イーサンを信じていたからだ。

きっとホームに帰してやる。

セブン、アン・ワー、ホーム。

セブンをこんな目に遭わせるために——少女の〈アン・ワー〉は、彼を懸命に追い、彼とともに網に残り、長い時間を水族館の狭いプールで苦しんできたのではない。

（……動物の頭にさんざん穴をあけてサイボーグ手術をしていた君に、今さら言われる筋合いもない）

幾つもの声が、電波信号のように頭のどこかを横切ってゆく。

（君はたぶん、〈助けに来る係の人〉なんじゃないかな。このセブンにとって……）

（……私の中に何十年と居座っている何か妙なものが、ちっとは楽になるんじゃないか、という気がしているんだよ……）

吹きすさぶ風にほとんど感覚を失った頬を、それでも何かが伝うのを感じ、唇の片隅に微かな塩気を覚えた。目を閉じ、俯《うつむ》いた。寒さなのか、疲れなのか。肉体と神経のすべてが鉛のように重く、固く、もうどうしても動けない。

「アンバー」

いつの間にか、小声で呼んでいた。

「こんなこと、僕には無理だ」

……部屋を満たす、蜜色の光……

振りかかる黒髪、悪戯な眼ざし。紅い唇、反らされる美しい喉、髪を優しくかき上げてくれる指先。繰り返されるキスと抱擁。

緑光る小道、振り向きながら弾むように前をゆく、その幸せそうな笑い声の谺――

(イーサン)

(行ってしまったのは、あなたの方でしょ……)

再びゆっくりと瞼《まぶた》を開けると、眼下では暗い波濤が相も変わらず船を叩き続けている。

静謐と安寧、無感覚への永遠の解放が、ほんの数メートル下で揺れ続けている。

きっと誰にも気付かれず、いったい何に疲れ果て、どうしてこれほど惨めに傷ついたのかも知られることなく、ひっそりと静かに終われるだろう。水が肺を満たすよりも先に血流が停まり、そしてやっと眠れるのかもしれない。安らかに、心ゆくまで。

眠りたい。

これほどそれを願ったのは、生まれて初めてのような気がした。

(イーサン……!)

「アンバー」

吸い込まれるように意識が昏《くら》くなり、体が手すりにぶつかるのを感じた。

第11章

朝もまだ早い世界は、薄暗かった。

海面近くでは弱い光が散らばり、揺らめいては消えていたが、深い闇へと繋がるグラデーションは、ほんのわずかな薄い層に過ぎなかった。

水はうねり、あちらで渦を作り、こちらで下ってはまた上っていた。とてつもなく太く、横切るのが大変なくらい強い流れもあった。そのすべての動きが、まるで生きもののようでもあり、見上げる水面と同じく、二つとない模様のようなものでもあった。ただ、こちらの模様は目に見えないだけだ。

セブンは、常に海底の方へと注意を払いつつ、そのうねり模様を辿ったり躱《かわ》したりしながら、ぐんぐんと進んでいった。

昨日からずっと――心はとても重かった。大好きな、あのやさしいノーァに自分がしてしまったことを考えると、今もどうしていいのかわからない。でも、イー・サンがきょう、「セブン、あっちの方で〈キャン〉を探してきて」と言ってくれて、よかった。

すてきな〈キャン〉を見つけて持ち帰ったら、ノーァもしかすると、元気を出してくれるかもしれない。

地形はどこまでも広々と壮大だった。ただ冷えた泥砂に覆われた平原もあれば、でこぼこの黒い岩地もあり、セブンが思わず出たり入ったりしてみてしまったほどの、素晴らしく丈の長い、褐色にどよめく海藻の森もあった。それは、一見暗く冷えびえとした荒涼たる世界のようでありながら、しかしほんとうはこの星でも有数の、海の生きものたちの富み栄える天国ともいうべき場所なのだった。

黒いかたまりのような魚群を幾つもかすめながら進めば進むほど、それまで沈みこんでいた心の中に、不思議な楽しさ、わくわくした気持ちがどこからか滲み出してくるのを、セブンは次第に感じ始めた。

(この感じ……、この模様の感じ、僕、知ってる気がする)

初めて来たところのはずなのに、不思議な懐かしさ。それは——そう、ちょうど、ピーウィ一族のシャチ姉妹、クへとキへに会った時と同じような感覚だった。初対面のようだけれど、ぜんぜん繋がりがなかったわけじゃない。もしかすると、生まれてくる前からの、深い記憶のようなもの。

(きっと、近付いているんだ)

(イー・サンは、僕に言った)

——ホーム へ帰るんだよ、セブン——

（イー・サンは、僕に、本当じゃないことを言ったことがない）

（ホームへ帰れるんだ。あの、人間の子みたいに。きっと、もうじき……）

（そして、エルも！　エルも帰るんだよって、イー・サンは言った）

人間たちに、シャチの言葉はひとつも通じないと、セブンにはとっくにわかっていた。人間は、人間の言葉しか喋れないし、それ以外はどうやらあまり聞こえてさえいないらしいことも。

だからセブンは、自分の方が人間の言葉を覚えてみることにした。そしてあのとき——、いちかばちかでそれを使ってみるしか、もう他に方法を何も考えつけなかったのだ。

〈おねがいだから、エルを助けて——僕の『アン・ワー』を〉

〈僕たちを、『ホーム』へ帰して〉

最初は、だめかと思った。ほとんど残っていない力を振り絞って人間語を何とか喋ってみたのだけれど、ノーァにもイー・サンにも、まったく通じてはいないように見えた。あのときは本当にがっかりした。疲れ果て、もう水面に浮かび続けるのも億劫《おっくう》になってしまったくらいに。

しかし――遂に、イー・サンが、わかってくれた！　そしてきっと、彼がエルを助けてくれるのだ……！

今こうして、荒々しくもなぜか慕わしい、とてつもなく広い海をすいすいと突き進んでいくと、イー・サンとのその約束が「本当」になっていく途中なのだという実感が、どこからか確かに湧いてくるのだった。それはいつしか輝きながら体の隅々にまで満ちてゆき、セブンは思わず水中でくるりと一回転した。

（ホームへ帰ったら、エルも元気になる）

（セブン。エル。ホーム！）

もう一回転。

（ホーム！）

その回転の途中で、海底の闇にうずくまる何かに気が付いた。

［おや。あれはなんだろう］

セブンはすぐさま新鮮な空気を吸い込み、降下していった。周囲のゴツゴツした岩とは輪郭の異なる、冷え切った大きなものが迫ってくる。

沈没船だ――

クジラのエーヴと会った海で沈没船を見た時、彼はそれが船だとは思わなかった。でも今は、そうだとわかっている。よく思い出してみれば、〈ホーム〉の海でもちょっと似たようなものを見たことがあったのだ。水面を行きかう船たちもたぶん、死んだら海の底へと沈んでゆくものなのだろう。シャチやイルカと同じように。

エンクロージャーのある湾から出た外海一帯で、セブンは既に三度、〈キャン〉を拾い上げてサポート船へと運んでいた。どの〈キャン〉も、それぞれ別の沈没船の近くにあった。今回も、もしかしたら、船の近くで見つかるかもしれない。

本当を言うと、セブンは沈没船に近付くのがあまり好きではなかった。それはノーァやイー・サンの乗る船とは違い、セブンとエルを捕まえた人間の船に、どれも形がよく似ていたからだ。けれども、沈んだ船は既に死んでしまっているもののはずである。

（もう、網なんか仕掛けてこないに決まってるよ……）

心の中で自分に言い聞かせ、思い切って、すぐ側まで泳いでいってみた。

その船は、息絶えてから既にずいぶん時間が経っているらしい。そこらじゅうを海の生物たちと錆《さび》とに覆われ、大きな穴だらけで、船と言うより、船の骸骨と言った方がいいくらいの有様である。

セブンはきょろきょろと熱心にその周辺を探し回ったが、〈キャン〉は見つからなかった。少しがっかりしながらそこを離れ、再び泳ぎ出す。

だが、進んでいくうちに、実はここの海底にはたくさんの船の残骸が散らばっているのだということが、セブンにもだんだんわかってきた。

(すごいなあ……。ここは、おばあちゃんがしてくれた昔話の、クジラの墓場みたいなものなのかなあ)

セブンは海中に浮かんだまま、考え込んだ。この沈没船をぜんぶ端から見て回るのは、きっと大変だし、時間もかかりそうだ。少しくらい選びながら探した方がいいのかもしれない。

(どうやって選ぼう……)

ノーァとイー・サンに外海で三つの〈キャン〉を拾い届けた時、それらが落ちていた場所の沈没船は、どれもけっこう新しそうに見えた。

(少なくとも、さっきの骸骨みたいな船じゃなかったぞ、そういえば……?)

決めた。骸骨船は、なしだ。

＊

「新しい」船の区別を付けるのは、実際に始めてみると、それはそれでなかなか厄介だということがわかった。それに加えて水深がかなり深いので、息継ぎに浮上するのにもいちいち時間がかかってしまう。

しかしセブンは、次第に沈没船の探検そのものに興味を感じ始めた。どの船も、魚やカニや他の生きものたちのとても立派な住まいとなっている。

（イルカのサムがここにいたら、かくれんぼや追いかけっこをして遊べたかもなあ……）

何度か、〈キャン〉にそっくりな物体も砂や泥の上に発見した。その度に大喜びで拾い上げてみたが、その軽重にすぐ〈偽物〉だとわかってがっかりしたり、持ち上げた途端にパコンと蓋が開いてしまい、怒ったタコが這《は》い出て来てびっくりしたりした。

そんなことを繰り返しながら探しているうちに、どうやらすっかりお腹《なか》も空《す》いてしまった。ちょっとここらで、いったん腹ごしらえをした方がいいかもしれない。

辺りを見回すと、緩やかな岩地の傾斜に沿って魚たちが集まっているのがわかった。様子を窺いつつ静かに泳ぎ寄っていく。群れを追跡して岩石の出っ張りをぐるっと回った途端、セブンは大きな沈没船の船腹に出くわして、驚いた。

これは——新しい。船腹にはまだ貝類や海藻の付着さえほとんどない。どうやら船首から先に沈んできた船体は、海底にぶつかり、そのまま斜めに傾いで、岩壁に支えられる形で止まったということらしい。

食べることより好奇心が常に勝ってしまうセブンは、今まで見てきた中で一番「新品」に見えるこの沈没船に、たちまち強く興味を惹かれた。

ぐるりと船の外側を一周し、それから周辺の岩肌や底の砂地を丹念に見て回り始める。

大小の棒や、網や、箱や、本当に雑多なものがかなり広い範囲に散らばっていた。

いろいろなものが絡まり合い、捕まった時の網や縄を思い出させて不吉な予感がする場所もあったので、セブンは用心深くそういったところを避けて泳ぎ回った。

岩に当たったらしく黒々と大きく開いている船体の穴まで、しばらく覗き込んで中をじっと眺めてみたが、〈キャン〉の気配はそこにも無い。

大半を調べ終わったところで、さすがに空腹を痛いほど感じ始めた。もうだめだ、腹ペコだ。

［あそこにニシンがいる、ニシンがいっぱい！］

狙いを定め、追いかけ回した。船体の壁の手前で尾びれで水を思いきり叩くと、その衝撃を食らって何匹かがすぐに目を回した。セブンは大きな三匹をもりもり食べ、それから気絶している魚が数匹、流れに押されて漂い離れていったのを追っていった。

魚たちは、大きく交差した二本の棒に絡まる網にゆらゆらと引っ掛かっていた。

セブンは思わず、その手前でぴたりと止まりかけた。

いやだなあ——網は嫌いなのに。あんなもの、近付かない方がいいに決まっている。万が一にも、ひれのどこかが引っ掛かりでもしたら大変だ。逃げられなくなって溺れ死んでしまうかもしれない。だが、食べたばかりの三匹の美味しいニシンの味はすごく後をひいた。ここで今さら、この食欲を抑えるなんて。

セブンはじろじろと、四方八方を眺め回した。何か仕掛けがあったら、絶対に見破ってやるつもりである。それから、用心しいしい、ゆっくりと網に近付いた。目を覚ましかけてぴくついているニシンのしっぽを、口先で捕まえようとした途端――

漁網の下の方、その弛みの中に。

（……あっ？）

セブンは思わずニシンを離した。

〈キャン〉だ。

まるで、海面から降ってきたところを、岩にぶつかる直前、頑丈な網にぽったりと優しく受け止められたように――見間違いようもなく、本物の〈キャン〉が、無傷でそこにあった。

あった――！

＊

嬉しさのあまり、しばらくその場でぐるぐる回転した後で、セブンはやっと、本当に晴れ晴れした気持ちで空気を吸い込みに行き、それから心ゆくまでその辺の魚を追いかけ、捕まえ、貪り食べた。

そして、〈キャン〉を拾い上げるという困難な作業に取り掛かった。胸びれさえもなるべくぴったりと畳んで体を小さくする。これ以上ないほど慎重に、網の弛みの中に頭を差し入れて、〈キャン〉の把手を咥え上げようとした。

最初はうまくいかなかった。〈キャン〉の把手はどちらも横側になっており、うまく咥えられる位置になかったのだ。網をあちこち小刻みに押しながら〈キャン〉の角度を変えていくという動作は、セブンにとってものすごく怖いものだった。しかし彼は、どきどきしつつも粘り強く、息継ぎの浮上を交えながら何度も何度も挑戦し、遂には網に自分の体のどこも引っ掛けることなしに、それをやってのけた。ゆっくりと、静かに把手を咥え上げ、〈キャン〉を網の外、安全な泥土の上へと運び下ろすことに成功したのだ。

達成感というよりは、罠《わな》にはまらなかったという安堵のあまり、体中の力が抜けそうになった。

(さあ――、これでやっと、戻れるぞ)

ノーァとイー・サンが、どんなに喜んでくれるだろう!

(今までで一番、見つけるのも拾うのも難しかったもん。ひょっとすると、これは海で一番、すごい〈キャン〉なのかもしれない。きっと大喜びする!)

二人に、とりわけノーァに、心から喜んでもらいたかった。昨日、あの時は、突然頭をガンと殴られたみたいな衝撃にびっくりして、つい——本当についい、体を大きく捻ってしまったのだ……。ノーァが怒っていないことはもうわかっていたけれど、でも、それでも……。

疲れて何だかふらふらしたが、気持ちは明るかった。後はただ、来た道をまっすぐ戻るだけだ。

〈キャン〉の片方の把手をしっかり咥え直し、海面に向かって泳ぎ始めた。

(……おや?)

ほんの少し戻り出したところで、セブンは眼下の砂上に奇妙なものを見つけた。

(なんだ、あれ?)

この〈キャン〉にも似ているけど、違うかもしれない。彼は再びゆっくり降下していった。

砂地に落ちていたのは、事実奇妙なものだった。〈キャン〉と同じく固くてツルツルした金属で出来ているが、ずっと大きい。エビみたいな細い脚が二本突き出て、奇怪に折れ曲がっている。筒の端っこの方が、ぐしゃぐしゃに潰れている。まるで何かに勢いよく食いつかれたように。

これは……、サメによるものだろうか? 子細に噛み痕を検分しながら、セブンは考えた。サメは食べられないものも食べようとする——馬鹿だから、と前に祖母が言っていた気がする。

〈——それにねえ、カイ。サメっていうのはね——〉

その時の祖母の口調を、思わずその場でじっと思い出していると、何かの大きな影がゆっくりと頭上を通り過ぎていった。

（うん？）

体を捻り、上方を窺う。

その大きなものが前方で突然Uターンし、尾びれを左右に振りながら接近してくる。

——サメだ！

セブンは慌てふためき、〈キャン〉を咥えたまま一目散に逃げ出した。

追って来る！

セブンと変わらないくらいの大きさのサメだ。もしかすると、もっと大きいかも——ど、どうして追いかけてくるんだろう？　こっちは、これでも一応シャチなのに。シャチのことが怖くないのか？　そんなサメ、見たことないよ——

そこで思い出した。

（と、父さんは、サメと生きるか死ぬかの戦いをしたんだった。それで、あんな傷を……）

今まで出会ったサメたちが皆、こちらを敬遠してくれていたのは、ただ単に、セブンが家族のおとなたちに囲まれ、守られていたからだった。セブンがシャチだから、なのではない。今、やっとそれがわかった。赤ん坊臭い顔つきでふらふら独りほっつき回っている小僧シャチなど、古強者《ふるつわもの》の大ザメにとっては降って湧いたようなご馳走でしかないのかもしれない。

為すすべもなく海面近くを闇雲に逃げ回っているうちに、しかしセブンは途中から、だんだん腹が立ち始めた。

さっきまで、あんなに楽しかったのに――ノーァとイー・サンに、すてきな〈キャン〉を持って帰ってあげるところだったのに！

（なんで、僕がこんなに逃げてなきゃいけないんだ？　僕は、これでもシャチだぞ。名誉あるクエル一族の一員なんだ。そしてあの、歴戦の勇士である父さんの息子なんだぞ！　あんな、あんなやつ、ただのサメじゃないか！）

要するに、ナメられているのだ。激しい怒りが急激に全身を突き上げてきた。

（……そうだ。おばあちゃんはあのとき、確か言ってた）

〈――それにねえ、カイ。サメっていうのはね。ひっくり返されると、ただそれだけで、

軽く目を回しちまうの。大きななりしてるくせに、まるで魚みたいにね……〉

ひっくり返す。

セブンは、腹をくくった。突然、再び体を反転させる。そのまま一気に下方へと突き進む。海底近くで、咥えていた〈キャン〉を離して砂地に落とした。

サメが身を翻して追ってきた。岩場を幾つかぐるぐる巡るうち、チャンスが来た。岩陰に先に回り込んだ瞬間、いきなり急角度で潜ると、すぐ後ろまで来ていたサメが、同じく回り込みながら斜め上を過ぎていきかけた。

〔えええーい！〕

セブンは死に物狂いで、その横腹へと猛烈な頭突きを食らわせた。不意を突かれてサメが体勢を崩す、その腹へ再び全力で体当たりした。反転しざま、尾びれで思い切り鼻先を殴り付ける。その駄目押しの一撃で、相手の体がとうとうぐるっと完全に仰向《あおむ》けになった。

〔……どうだ！　どうだー！〕

興奮のあまり、思わず自分の声まで裏返ってしまった。

〔目を回したかよ、おまえぇ！〕

サメは、ひっくり返ったまま動かない。そしてそのまま――ゆらゆらと海底の岩に向かって沈み始めた。

セブンは、逆におどろいた。サメの大きな腹が下方の闇へと静かに遠ざかっていくのを、そのままじっと見送る。

それから、はっと我に返って周りを見回した。

〔あれ。ここ、どこだ……？〕

サメに追われ、ひたすら逃げまくっているうちに、最初にいたところからずいぶん遠くまで来てしまったようだ。どれくらい泳いでしまったのだろう。

〔あっ……僕の〈キャン〉！〕

大慌てで辺りをぐるぐると回る。

あった！　大丈夫だ、さっきの砂の上に、ちゃんとある。

海面まで上がってみた。波はうねりが大きく、それ以外のものは何も見えない。ノーァやイー・サンのいる船など、もちろんどこにも、影も形もない。

セブンは、落ち着こうとした。とにかく、まず見定めないといけないのは方角だ。イー・サンは最初に、どっちへ行けと合図していただろうか……？

それは——あまりに突然の衝撃だった。

世界が上から下まで真っ二つに裂けたのだ。

少なくとも、セブンの頭の中で世界は一瞬で割れ、そして木《こ》っ端微塵《ぱみじん》になった。
彼は、絶叫した。
もんどりうち、海中でもがき、のたうち回った。
こんな痛みがあるなんて。
生まれてから一度も、想像したことさえなかった。
（おばあちゃん！）
〔……ノーァー！〕
激痛の中で、セブンは悲鳴を上げ続けた。
〔イー・サン！〕
助けて。
助けて！
「イー・サーン！　ヘェェェエルプ！」

第12章

「あたしのクチヤがまだ、残っているから」

マクシムの年老いた小さな母親は、狭い戸口でよちよちと立ち止まると、皺だらけの手でそっと彼の腕をさすった。

「ヴィーカに、後で食べさせてあげなさい。すこし寝かした方が、味が深まって、もっといいからね」

クチヤは、干した果物やケシの実などを入れた伝統的な粥《かゆ》だ。母は長年、身内の葬式の度にそれをこしらえ、追善供養の客たちに振舞ってきた。

マクシムは頷き、彼女を抱擁すると、義弟のイヴァンに家まで送り届ける役を委ねた。

客のほとんどがもう辞去した、部屋の奥の方を振り向く。

居間の暖炉の側で、椅子に座るヴィーカが自分の肉親数人に囲まれ、労られている。

彼女の白い顔には青黒い隈《くま》がうかび、大きな眼は虚《うつ》ろに見開かれたままだ。その細い手が、外したばかりの黒いヴェールを膝の上できつく握りしめている。

ほんの少しだけ、とマクシムは自分に言い聞かせた。ほんの少しだけ、外へ出るだけだ。またすぐに、彼女の側へ戻る……。

（………）

「海はね、僕のすべてを受け入れてくれるんですよ」

そんなふうな台詞《せりふ》を、いつだったかマクシムはテレビの中で、ある若い俳優がインタビューに応えて口にするのを聞いたことがあった。

彼は目を丸くした。それから、思わず少し笑った。

どうしたの、と隣からヴィーカが訊いた。

（面白いことを、彼が言うからさ）

マクシムは答えた。

（あの若者は、実際に海に出てみたことがあるのかな？）

海は、確かに、すべてを受け入れてくれることがある。

だがそれは、その人間が死んだ時だけだ。

海が自分の方から人の心に寄り添い、その祈りや希望や欲望をみとめ、ゆるし、受け入れてくれる、あるいは悲しみや怒りや絶望をどこかへ優しく溶かし去ってくれることなど、絶対にあり得ない。

海は永遠に、ただ海でしかない。永遠に。

それはただ、命の糧を恵み、そして時に命それ自体を奪い給《たま》うもの。

＊

霧の流れる黒い砂浜にうずくまり、彼はひとしきり、身を切るような風の中で慟哭《どうこく》した。

彼の分まで、涙はヴィーカが流してくれたと思っていた。思っていただけで、それが真実ではないことは自分のどこかがわかってもいて、そのあまりにもするどすぎる危機感が、あの質素な家から彼を逃げ出させたのだ。

握ってきた小さな花輪を、泡立つ灰色の波間へと放した。

「サーシャ」

しわがれた声を必死に絞り出し、精一杯に優しく、花に向かって呼びかけた。

「ずっとひとりじゃないよ。パパも、きっともうじき行くからね。それまで、どうか、楽しく遊んでおいで」

いい子に、などという言葉は、とうてい口にすることも出来ない。五歳のサーシャは、病との長い長い闘いを遂にこうして終えるまで、ずっと、精一杯いい子にしようとし続けていたのだから。

潮にのって花輪が遠ざかっていく、その先に――

マクシムは、ぎくっとした。

波間に覗く岩陰で、黒々とした背びれが、じっとこちらを向いている。

雷に打たれたような衝撃が、マクシムの疲れ果てた肉体をその場に棒立ちにさせた。

あの、忘れ難い八月の終わり――二頭の仔シャチを捕らえたあの海で、黒い炎のような殺意に満ちて彼を凝視していた、あの。

〈冥界からの魔物《オルシナス・オルカ》〉。

「……おまえか……！」

マクシムは、喘いだ。潮風に荒れた頬を、胡麻塩《ごましお》の髭が覆う顎を震わせて、我知らず叫んでいた。

「おまえたちと同じ、子を失った、この惨めな俺を、見に来たのか。嗤《わら》いに来たのか！」

拳を握りしめ、腕を振り回し、声にならない声を精一杯張り上げた。

風がその怒声をただ奪い去り、背びれはまさに死神の如く不吉に動かない。

「……………」

突然――、マクシムは気付いた。見えているあの岩は、岩場の一番高い出っ張りだ。この時間は周囲一帯、波のすぐ下が岩場であり、シャチが自由に泳ぎ回るような場所ではない。

唐突に理解した。浮かんでいるのではない。座礁しているのだ！

考えるよりも早く、渚《なぎさ》を走り出していた。何度もよろけ、足をもつれさせながら。凍るような波に膝までつかり、水面下ではあるが熟知している岩場を足裏で辿って、バシャバシャと進んだ。

シャチは、まだ子どもだった。全身に細かい傷を負い、ぐったりとしている。しかし、息をしている。頭の上の孔が微かに動いている。

「おまえ、しっかりしろ！　俺が助けてやる、もう大丈夫だからな」

体をさすり、話しかけながら、最も大きな負傷らしく見える背びれの傷を見ようとして、マクシムの手が止まった。

――途中に浅い窪みのある、その見覚えのある若い背びれ――

（……えっ）

――まさか。

(そ、そんなはずはない)

「……おまえ……」

寒さのためばかりではなく、歯の根が合わなくなり出した。

「な、なんで……、どうして、こんなところに……」

背びれの横に、何か小さなものが外れかけてぶら下がっている。衝撃に呆然としたまま、マクシムはそれに触れてみた。作動していないが、追跡用の衛星タグのようだ。ロシアの製品ではない。

彼はそれを取り外し、携帯電話を取り出したポケットにそのまま落とし込んだ。

「……イヴァン!」

電話に耳を押し当て、吹きすさぶ風の中で叫ぶ。

「会社のみんなをもう一度集めろ!　シャチのレスキューだ、今すぐ!」

第13章

「まったく、冗談じゃない」

テッドは本気で怒っていた。青い目が光り、日焼けしたこめかみにはっきりと筋が浮き出ている。

「あなたの顔に傷が残ったら、僕はアンバーに殴り殺されるし、あなたのおつむがどうかしたら、所長に馘《くび》にされて野垂れ死ぬ。どっちにしても死ぬしかないんだ」

「ずっと残るような傷じゃないし、すごくどうかするほどの打撲でもない。船の上じゃあ、こんなのは怪我のうちにも入らないよ。海に落ちなかったのは確かにラッキーだったね。それなら間違いなく、永久に行方不明になっていたはずだ」

イーサンの額の傷を縫いながら、ハンサムな船医が言っている。

「……そんなに凶暴な彼女？」

「カラテの黒帯。ボクシングは部隊の女子代表でした」

診察用ベッドに横たわったまま、イーサンは朦朧と答えた。

暗いデッキに一人でいる時に昏倒《こんとう》し、額の端をぶつけて何センチか切った。そのまま気付かれずにいたら凍死したか、船の傾きで海に落ちるかしていた可能性が高いが、テッドに渡されていたスープのカップが落ちて跳ね返り、たまたま船室の明かり取り窓の一つに当たった。室内にいた船員が外の様子を確認しに出て来たせいで、どうやら死なかったということらしい。

「頭の傷より、血圧の低さの方がとりあえず問題かな。倒れたのも直接的にはそのせいだろう。いつもこの数値？　まるで歩く死体だね」

「普段からあまり食べないし、寝ないから」治療を見守っていたノアが言う。

「食べない、寝ない、血圧低いって、実はもう前から、キレイなゾンビだったんじゃ？」

筋肉質の腕をがっしり組んだまま、テッドはまだ機嫌が悪い。

「ごめんよ、テッド。イーサンはこう見えて、時々すごく手がかかるんだ。ねえ、点滴してもらったら？　もっと楽になるよ」

「必要ないよ」

イーサンは、ぼんやりと口許を擦った。

「……今、何時？」

「十九時を過ぎたところ。治療が終わったら、ソーバーグが見舞いに来るって。僕に続いて君のこの事故だから、いろいろ戸惑ってるみたいだ」

思わず呻きそうになった。

「頼むから、僕は死んだと言ってくれ。ゾンビになったでもいい。あのスポンサー氏にだけは、いま史上最高に会いたくない」

「それはわかるけど」

ノアはテッドと視線を交わした。

「実は、ついさっき、少しおかしなことが起きたんだ、だからソーバーグも、きっとそのことを……」

イーサンは瞬時に正気に返った。体を起こす。

「セブンのことかい？」

「うん。と言うより、あの子の背びれに付けていた例の衛星タグのことなんだけどね……実はほんの一瞬、データを再受信したんだ」

「発信地は確認出来たのか？　彼は今、どこにいるんだ」

「それが、タグの現在地は、なぜか完全に陸地だったんだよ」

ノアがやや口ごもる。

「ロジオノフっていう町の港近く。漁業の町みたいだから、もしかするとタグだけがこの住人に海で拾われたのかもしれない。最初に信号が途絶えた場所からは、相当距離があるけど……。再受信はその一度だけだった。まるで誰かが、陸に戻ってから、電源をちょっと入れ直して試してみた、みたいな感じで」

何かが――イーサンの記憶の細糸を揺らした。

「港の近く……？　ノア、もっと詳しい位置情報はわからないのか？」

「ええと、確か……」

ノアは再びテッドと顔を見合わせた。

「ええと、レーニンスカヤ通り……とかいったたっけ、テッド？　でも、それがどうかしたかい？」

サヨコ秘書が入手してくれた、『請負業務報告書』。

そこに記載されていた住所と社名。

「セブンとアン・ワーを、捕獲した会社……」イーサンは、思わず息を呑んだ。

「え？」

「マクシム・アバルキンのいる町。彼の水産会社がある通りだ」

根拠など、まるで何もなかった。

だがイーサンは、夜の海に落ちずに済んでよかったと、なぜか今では思い始めていた。

自分でもおかしいとはわかっていたが。

ノアも、そのことを敏感に感じ取ったようだ。

「セブンが戻って来ると、信じてるんだね」

イーサンが部屋に運んできた昼食を一緒に取りながら、彼に向かって言う。

「君、なんだか眼に力が戻ったもの」

「君だって信じてるだろ」

フォークでチキンのトマト煮をつつきながら応える。ダッチハーバーのジョナス家の、あのガーリック・バター・カニサンドが恋しい。

「そりゃ、僕はさ……たぶん、ほとんど願望みたいなものだから。あの子にもしものことがあったら、きっと堪えられないんじゃないかって気がするから。でも君は、そういうこととはまた別に、何か確信が出来たみたいなふうに見えるよ」

「確信は、ないよ」

コーヒーを飲む。

「少なくとも論理的な確信はない」

「ない、でも？」

「実は昨夜、アンバーと寝る夢を見た。前回それを見た時は、次の日に大嫌いな野郎がアラスカに転勤になったんだ。あの時は研究室で思わず一人で踊ったよ」

ノアは、顔を仰向けて笑い出した。やつれ気味ではあるが、久しぶりの笑顔だった。

「アンバーは君の守護女神ってことだね。確かに彼女のあのパワーなら、君のために奇跡の一つや二つ起こせそう」

イーサンはほほえみ返した。自分のオレンジをノアのトレイに移し、立ち上がりながらコートを取る。

「ちょっとブリッジの様子を覗いてくる。すぐ戻るよ」

空を分厚く埋める雲の、その低層の流れが速い。

天候は遂に、いつ本格的に荒れ出しても不思議はない気配を示していた。そもそも、ここまで大した荒天に遭わずに済んできたこと自体が奇跡なのだ。船長は船の一時移動についての意見を頻繁に口に出していたが、ソーバーグは決断を渋っている。

何しろ肝心のセブンの居場所が、いや居場所どころか、そもそも今この瞬間に生きているのかさえも、まるでさっぱりわからないのである。無事なのか。道に迷っているのか。どこかでずっとキャニスターを探し回っているのか。帰って来るのか。来るとしたら、いつ。それともただまっすぐに、永久に、野生の世界へと逃げ去っていったのか。

ブリッジまで上がる前に、イーサンはまたもやデッキへと歩み出てみた。セブンの姿を見失って既に丸三日以上が過ぎている。彼はその間、視界が利く時間帯のほとんどをこのデッキで過ごしていた。テッドの命令で大抵サバイバル・スーツをごそごそ着る羽目にはなっているが。また一人で勝手に転げて、今度こそ海に落ちると思われているのだろう。

濃青灰色にどよめき続ける海面では、そこかしこに霧が太くたなびいている。海上は湿度が高いので、発生する霧も濃くて重い。

(この風向きだと、もっと広がるかな……)

そう思った瞬間、突然頭上で号鐘の音が高らかに響き渡った。

ブリッジも彼と同じ判断をしたのだろう。まだ視界制限状態というほどではないが、レーダーを持たないかもしれない他の船舶との万一の衝突を避けるため、ここに錨泊中の船がいることを知らせる霧中信号を発し始めたのだ。

正確に間隔を空けて繰り返されるその澄み切った音色を聴きながら、イーサンはしばらく、ただその場にぼんやりと立っていた。

「論理的な確信はない」。自分がノアに、正直な考えを言ったことはわかっている。だが同時に、現代の論も理も絶対ではないこともわかっている。いつか永劫《えいごう》にも近い時間が過ぎたなら、人類は宇宙万物に関する実体と現象の謎のすべてをあるいは論理的に解き明かせるのかもしれないが、しかし今この瞬間確かに言えるのは、「知らない」「わからない」ということと「存在しない」ということは、まったく別のものだということだけだ。

（…………）

アンバーと抱き合う昨夜の安らかな夢の中で――無限の夜の海をどこまでもふたり漂い続けながら、イーサンは自分がずっと、微かな呼び声を聴き続けていたことを、まだ体のどこかでうっすらと覚えていた。

自分の声。アンバーの声。遥か彼方、一筋の流星のように尾を引いて大空を横切っていった、あれはたぶん、幻のシャチがどこかで放った〈コール〉の軌跡……

生命はすべて、互いを呼び合うのだろうか。

あのセブンはまた再び、この自分の名を呼ぼうとしてくれるだろうか。

（……あの子は、怖がらないかな）

頭上に響く美しい鐘の音を聴きながら、イーサンはふと思った。

この海域に至るまでの船での移動の中で、セブンは何度か既に号鐘の音を聞いているはずだ。これを未知の金属音として怯える可能性は低いだろうが……。

いつの間にか、自然に口笛を吹き始めていた。

セブンをなだめたい時、何度も聞かせてきた『Come As You Are』。〈ニルヴァーナ〉は、スラットン研究所のある地元の州から世界のメジャーへと羽ばたいていったグループだ。

君らしくいてよ、以前のように
友達としてさ
かつては敵だったとしても

ゆっくりやるか、急いでやるか、君が決めなよ
……古い記憶のように、記憶のように……

「イーサン」

ノアが、テッドに手を貸されながら階段を上がってきた。

「鐘と、口笛が聞こえたから」

「おう、霧がだいぶ広がりましたね」

テッドが海上を見渡しながら言う。

「でもこの風ならじき通り過ぎるかな。……うん？」

やや頭を前に出した彼を、イーサンとノアが見る。

「どうした？」

「近くに、もしかして、船がいます？」

テッドは耳がいい。胸に下げていた双眼鏡を急いで目に当てた。

「何か聞こえたような……口笛、みたいな」

「船？　ブリッジがレーダーで気付かないなら、大きな船じゃないよね？」

ノアも慌てて海上の霧を見透かそうとする。

「ボートとか……？　まさか遭難者？」

「遭難したボートの人間なら、口笛じゃなくて怒鳴るか叫ぶかするでしょう」

テッドはそう返しつつも、双眼鏡を離し、両手でメガホンを作った。よく響く声で呼びかける。

「おーい！　誰かいるのかー！　おーい！　ここに船がある、ぶつかるぞー！　気を付けろー！」

さらに叫ぼうとするテッドの腕を、イーサンはいきなり強い力で摑み、黙らせた。

「……聞こえる」

三人は、デッキの周囲にまで忍び寄る霧の中で、ほとんど呼吸すら止めて聴き取ろうとした。

微かな——とぎれとぎれの、しかし確かにメロディをもった、その——

イーサンは突然、揺れる手すりから身を大きく乗り出しかけた。

「うわ！」「イーサンッ！」

テッドとノアが、仰天して彼の体を掴み、必死に引き戻す。

「……セブン！」

イーサンは霧のちぎれ飛ぶ海面に向かい、声を限りに叫んだ。

「セブーン！」

ピーィ、という弱々しい返事が、白い闇の中から伝わってきた。

＊

セブンが還《かえ》って来た――

船は突然、文字通り上を下への騒動になった。

霧が風に流され遠ざかってゆく中、大急ぎでボートが海面へと下ろされる。脚をギプスで固められているノアが「自分もボートに乗る」と大騒ぎし、珍しくも食らいつくような喧嘩腰で抗議するのを、なだめて辛抱させるためにイーサンはそれこそ大骨を折った。

まだ興奮を残し、デッキからまるで睨《にら》むように作業を見張っているノアに代わり、テッドが海中に潜ってセブンの全身を慎重に確認した。浮上してきて報告する。

「下側は、顎下から尾びれまで、細かい傷がいっぱいあります。でも出血はしていない。今まんべんなく触ってみたけど、特に痛がってる様子はなかったですよね？」

「ああ、そうだな。それじゃやはり、背びれのこの外傷が一番大きいということになりそうだ。何か固いものに激突したんだろう」

獣医が揺れるボートから身を乗り出し、セブンの黒い背びれを調べている。外科用手袋をした手で触れ、その指先を目の前でかざして見た。

「だがもう、これも電気メスできれいに焼烙《しょうらく》して止血してある。……軟膏《なんこう》の一種も何度か塗り込まれたようだ。海獣の外傷の治療技術と器具を持っている誰かに、たまたまどこかで出会ったんだな。だがいったい、そんなことがあり得るものかね？」

同じく腕を伸ばし、ずっとセブンの体に触れながら、イーサンは返す言葉が出ずにいた。

マクシム・アバルキンであるはずがない――そんな偶然が、起こり得るはずがない。だがそうして客観的に事態を考察しようとする一方で、もしそうだったなら、とも考えてしまう己を、どうすることも出来ない。もしも本当にそうだったならば――自分は人生の幸運というものの在庫を、これですべて使い切ったのに違いない。

大き過ぎる喜びなのか、強烈な安堵なのか、それとも唐突な脱力なのかわからぬ何かで、彼はまだ、体が痙攣《けいれん》のように時折ふるえていた。

「このまま放置することになったとしても、この傷は完全に治りますか？」

「期待出来るよ。いずれにせよ、いま必要な手当は済んでいる。バイタルの数値もほぼ落ち着いている。この通り、彼はもうすっかり安心してリラックスしているしね。後はたぶん自然治癒に任せることになるな」

「――サン！　イーサン！」

母船のデッキから、繰り返し大声で呼ばれていたことに、そこでようやく気が付いた。

「イーサン！　キャニスターは無事なのかあー！」

手すりにずらりと集まりこちらを見下ろしている人々の中、松葉杖のノアや船長の隣で、ソーバーグが血相を変えて怒鳴っている。ほとんど地団駄を踏みそうな剣幕だ。

（……ああ）

イーサンはようやくセブンから手を離し、傍らに置いていたキャニスターに目をやった。

彼の口笛の音を切れぎれに真似しながら、傷だらけのセブンがその口に咥え、はるばると持ち帰ってきたもの――

（忘れてた）

船長室とはいえ、船長自身とソーバーグ、イーサンとノアが入ってドアを閉め切ると、中は満杯だった。

小さなテーブルの上に急いで防水シート、そしてプラスティックのトレイが用意された。そしてそこへ、二百メートルの深海から再び大気中へと運び上げられてきたキャニスターが、文字通り沈没船の財宝が詰まった箱のように、そうっと静かに置かれた。

ステンレスの表層は誰もが思わず驚くほどきれいだった。汚れもへこみもほとんどない。むろん、穴が開いているといった致命的な損傷も見当たらない。メイヤー＝リンチ大の所有物であることを示すロゴ・シールは、まるで昨日貼ったばかりのようにツヤツヤ光っている。最も目立つ瑕疵《かし》は、把手部分とその周辺にあった。セブンの歯が当たった痕だ。おそらく、咥えて持ち上げるために何とか把手の角度を変えようと、彼が繰り返し噛んだりつつき回してみたために付いたものと思われた。

「開けてみよう……」

ソーバーグの両手が微かに震えている。二ヶ所のロックを静かに外し、慎重に蓋を持ち上げようとする。イーサンが下の筒部分を押さえ、手伝った。

「……中が、乾いている」

ソーバーグは夢中になった。

「大丈夫だ、水も何も入り込んでいないぞ！」

すぐに緩衝材を取り除き、保護容器を取り出し、それを開け、再び緩衝材を――今度はゆっくりと――少しずつ取り除いた。

栓をされた三本の、太い、硬質ガラス試験管が現れた。濁りのある液体と浮遊物、そして固形物の欠片のような沈殿物が、その中で揺れている。

ソーバーグは喘いだ。

「無事だ……」

「……これが？」

船長が曖昧な表情で、イーサンの顔を見る。

「我々の航海の目的？」

黄金の水とかキリストの血とかが燦然《さんぜん》と現れたならともかく、彼の眼にはただの海水と海底のゴミにしか見えないのである。こんなものでいいなら、何も大騒ぎしてはるばるロシアの海なぞにまでやって来なくとも、家の近所の浜で三十秒で掬《すく》い取れそうだ。

イーサンは頷いて返したが、試験管を容器に戻したソーバーグにいきなり激しく抱きしめられ、危うくあられもない悲鳴を上げそうになった。

「ありがとう！　ありがとう、イーサン！　ノア！　とうとうやってのけたぞ、大成功だ！　我々が遂に世界の未来を変えたんだ、やったぞー！」

そのまま顔中にキスをされ、血圧が一気に二十ほど下がりかけた。失神する直前に放された、壁に手をつき、何とか体を支える。

怪我をしているおかげで強烈な抱擁とキスを免れたノアが、ソーバーグにぶんぶんと握手をされながら、そのイーサンの方を見た。

そして、声を立てずに静かに笑った。

「何だ、セブンをまだ水槽に戻していないのかね？」

上機嫌の様子でデッキの手すりに近付き、海面を見下ろして、ソーバーグが訊いた。

セブンはサポート・ボートの側におとなしく浮かび、獣医とテッドから引き続きケアを受けている。テッドが腕を伸ばし、薬や栄養剤を仕込んだ魚を順番に口に入れてやっているところだ。

「治療も一応済んだし、わざわざあの窮屈な場所に戻す理由もないでしょう」

イーサンが脇から言う。

「約束通り、このまま船を南西へ向かわせてください。低気圧からも遠ざかれる。セブンはちゃんとついてきますよ」

「南西？　おいおい、そんな方へは向かわんよ。我々は国へ帰るんだ。一刻も早く、あの試験管を米国本土の研究室まで無事に運ばなきゃならんのだからな。今度こそおかしな方向から嵐でも来たらどうする」

イーサンは、相手の横顔を見た。

「……なんですって?」

「NYを発《た》つ前、〈海軍哺乳類教育センター〉のケンドリック部長に知らせたよ。彼の推薦通り、スラットン海洋研究所にミッションの依頼をし、これからいよいよ出発するところだとね。奴さん、推したのは自分だったというのに、電話の向こうでひっくり返りそうになっていたぞ。海獣の訓練がどうして間に合ったんだと訊かれた。買ったのが特別に頭のいいシャチだったんだと教えてやったら、大いに興味を惹かれたようでね」

イーサンを見返すソーバーグは、今朝方までとはまるで別人のように顔が輝いていた。見るからに幸福感に満ちみちて、大きく胸を張り、誇らしげでさえある。

「もしかすると、少なくともスペインに払ったシャチの代金についてはすぐ回収出来るかもしれん。ケンドリックは実に乗り気だった」

「あなたは、ミッションの成否にかかわらず、最終的にはシャチをロシアの海で解放すると」

ソーバーグとの電話での会話は、すべて録音してある。相手には無断だが。

「イーサン。事実、あの時はそう考えていたんだ。誓って言うが、嘘《うそ》ではない。今の時勢ではそうせざるを得ないだろうとね。非公表だったとはいえ、可哀想なシャチを劣悪な環境から救い出し、リリース予定として保護しているという体《てい》であったからこそ、君たちの研究所も外部からのバッシングは特段受けずに済んでいただろう。だが、この先の諸事情は海軍が肩代わりしたいと言ってくるなら、我が社は喜んで仰せに従うよ」

イーサンはしばらく相手の顔を凝視し、それから隣のノアの方を見た。

黙って見返すノアの眼が大きく見開かれている。顔が真っ青だ。

「水槽の準備をしてくれ、船長!」

ソーバーグが呼びかけている。

「シャチを戻すんだ。積み込んだら、すぐ錨を上げて出航だ。こんなところに長居をする理由はない。断言しておくが、私はもう一生、二度とベーリング海になんぞ来ないからな!」

「イーサン……!」

ノアの声音は、これ以上ないほど必死だった。

「ノア、例の笛だか何だかを吹いて、シャチを誘導してくれたまえ。イーサン、サポート役のダイバーたちはどこに行ったんだ? 作業を急がせてくれよ」

イーサンは、海面で頭を出しているセブンの方を再び見下ろした。

セブンは、ノアとイーサンが並んで自分を見ていることに気付いたらしい。伸び上がるように体を何度か持ち上げる。甘える時にいつも出す鳴き声が、風の中を小さく伝わってきた。

「どうした？　ますます冷えてきた、早いとこ片付けよう」

ソーバーグが不満げに言う。


……行かせていいのか？　ここで？

彼の故郷からはまだ遠い。少年の彼を、独りぼっちで、原潜も行きかうような危険な海へと再びこのまま行かせてしまって、本当にいいのか？

（しかも、あんな怪我を――）

堪えられるのか、この自分も？　暮れゆくデッキで見下ろしていた、昏い波間と永遠の休息への、あの落下の誘惑に……？


その時――

イーサンの視界の遥か彼方で、何か黒いものが突然海面を破った。

中空に翻る長大な胸びれ――

クジラ。ザトウクジラだ。

壮大なブリーチングの轟きが、低い曇天の下をひびいてきた。

――コール――

「……！……」

イーサンは息を呑んだ。心臓を鷲掴《わしづか》みされるような衝撃が全身を貫いていった。

咄嗟《とっさ》に、ソーバーグよりも小さく二歩後ろへ下がる。

顔の前で三角形を作った。

（ホーム）

そして、大きく腕を振り下ろした。

行け《ゴー》！


五秒ほどの間、セブンはそのサインに反応しなかった。

ただ、水面からこちらをじっと見ていた。

（いいんだよ、セブン）

イーサンは心の中で呼びかけた。

ありがとう。おまえはとうとうやってのけてくれたね。本当に大した奴だ……心から、おまえのことを誇りに思うよ。だがこれで、やっとこれで終わったんだ。セブンは、もうセブンのホームへお帰り。ノアとイーサンは、セブンのことをずっと、心から愛しているよ。

「……大好きだよ、セブン……！」隣で手すりを強く掴み、ノアが泣いている。だが、セブンに向かって笑顔をつくろうと必死になっているのがわかった。「ずっと、ずっと、セブンのこと大好きだからね……！」

「ノーァ」

突然、セブンが甲高く鳴いた。

「イー・サン」

ソーバーグの口が、ポカンと開いた。

デッキで見物していた船員たちの間からざわめきが起こった。

「ノーァ……イー・サン」

シャチが再び、海面から呼ぶ。

「エブン……ラァヴ……ユウ！」

「……喋った」

ソーバーグが振り向き、イーサンの腕を激しく摑んだ。

「どういうことだ、あのシャチ——いま、喋ったよな？　いや、確かに人間の言葉を喋ったぞ！　君たちの名前を——」

セブンの黒い背びれが、ふいに波間で翻った。

「おい、どうした？」ソーバーグが再び驚く。「離れていくじゃないか。どこへ行く気だ？」

再び、彼方でブリーチングの巨大な波紋——

まるでそれに応えるかのように、泳ぎゆくセブンが突然、海中から高々と躍り上がった。モノトーンの体を反らせて背面宙返りをし、大きな水飛沫をあげた。

デッキの船員たちが歓声を上げて拍手している。

「困った子だなあ。傷がひらくぞ……」

イーサンは呟いた。

ノアはもう周囲をはばかることなく号泣している。

「……ま、迷子に、ならないかな」

口に拳を押し当てながら、かろうじて言葉を押し出した。

「あの子の家族がいる海には……まだだいぶ……」

「大丈夫さ。……きっと」

波濤の彼方へと去る背びれの小さな影をまだ追いかけながら、イーサンはノアの肩に腕を回し、抱え寄せた。

〈大きな翼《メガプテラ》〉が、その翼を広げて、道案内に来たから。

エピローグ

「やった！」

まるで怒鳴るような叫び声に、イーサンは目を開けた。瀟洒《しょうしゃ》なサロン・スペースの白い天井には、海面からの反射光がちらちらと散乱し続けている。

船尾の方で、こちらに背を向けたアンバーが腕を突き上げガッツポーズをしているところだった。延々と続いていた大物との格闘に、どうやらやっと決着がついたらしい。

「どんなもんよ！　ほらごらん、おまえ、私が勝つって言ったでしょ！」

カジキに向かって勝ち誇っているのか。いや、マグロだったかな？

「手を貸そうか……？」

自堕落に昼寝をしていたソファで、目を擦りながら言ってみる。アンバーのスポーツ・フィッシングはキャッチ＆リリースが原則なのだ。

「ううん、大丈夫」

期待した通りの答えが返ってきた。

「ねえ、すごくお腹空かない？　これを放したら、ハンバーガー作るわ」

白を基調にしたこの四十フィートの美しいクルーザーには、コンパクトな台所も付いている。カリフォルニアの紺碧《こんぺき》の海、船の上には陽射しが強く降り注いでいたが、心地よく吹き過ぎてゆく海風が汗をかくほどの間も与えない。

＊

キムの父親を含む動物愛護団体の関係者たちは、勘所を押さえた交渉を展開し、中国で飼育されていた〈アン・ワー〉――水族館での命名は〈ファンファン〉――の、自然界へのリリースに成功した。

アン・ワーはショーのための訓練を頑固に拒否し続けていたし、出身域の違う他のシャチたちからの苛めも受けていたので、隔離されて海側の狭いプールに閉じ込められ、半ば鬱状態に陥りただ呆然と時を過ごしていた。解放への折衝が異例の早さで決着を見たことには、そうした事情も関係していただろう。

水族館の側にとって、アン・ワーは既にただの金食い虫という立場になりつつあったのだ。今後の使い道があるとしたら、何年か先に――それまで彼女が生き延びたとして――人工授精による繁殖母体とすることくらいだった。それよりはむしろ、今回このシヤチを手放すことで寛容さと動物愛護への理解度とを世界にアピールしておいた方が、当座のメリットに繋がると判断されたのかもしれない。

何しろ、アピールしないわけにはいかない状況に、彼らはその頃すでに追い込まれていた。

イーサンが思うに、それは間違いなく、彼らがその存在すら知らないはずのサンディエゴの大学院生、キム・トナムのせいである。

イーサンがなぜ自分の父親に会いたがるのか理由を聞いて、キムはその天才を示した。「なんだ、そういうことなら、ママの方も呼ばなきゃだめよ」と、その場でおもむろに自分の母親に電話をかけたのだ。

キムの父親である弁護士には、彼に素晴らしく美しい娘を与えてくれた素晴らしく美しい妻がいた。彼女は自分の一人娘であるキムにもちろん一〇〇％の満足と愛情とを抱いていたが、それはそれとして、実はもう一人子ども――出来れば息子――が欲しかった、と密かに思いながら長年過ごしてきた。キムが結婚し、彼女は念願の（義理の）息子を手に入れることにはなったが、しかし、ギャレット・トナム少佐は彼女の正味二倍の大きさをしている。ボディガードや番犬には最適だろうが、何だか自分が求めていたものとは少し違うような気もしていたのである。

キムは、母親のそういう微妙な心情を見抜いていたので、イーサンに「遠慮するな」

と命じた。イーサンは仰せに従い、まるで遠慮しなかった。つまり、いまだに彼に小遣いをくれようとする伯母に対して取っているのと同じ態度を、キムのママにも取ったのだ。

優雅なサンルームで優雅に始まった四人のお茶の時間が三十分も過ぎないうちに、ママはテーブルの上でイーサンの手をしっかり握り、「可哀想な〈ファンファン〉」のために涙していた。そして「今夜中に仕事の知り合いに声をかけるわ」と約束し、その通りにしてくれた。彼女の職業は女優である。

その週のうちに、映画業界のセレブリティの何人かが「水族館の小部屋から、幼い〈ファンファン〉を解放せよ」と発言し始めた。

もっとも、SNS上におけるその猛烈な拡散数についてだけ言うならば、水族館側がどの程度の深刻さでそれを受け止めていたかはわからない。中国では、あくまで建前ではあるが、海外のSNSになど国内の一般市民は「アクセスしていないはず」だからである。どんな批判も、聞こえていなければ存在しない。

ただ、ここから先は単なる偶然の積み重ねなのだが、あるハリウッド・スターが、たまたま友人の俳優のSNSを見て〈ファンファン〉のことを知った。さらにその解放への交渉がまださほど進んでいないということも知り、彼はむかっ腹を立てた。彼には適応障害で学校に行けなくなっている愛娘《まなむすめ》がいるという事情も、たぶん影響していただろう。

問題の水族館がある都市には、有名なテーマ・パークもあった。彼の主演する大ヒット映画シリーズ最新作のワールド・プレミアが、近々そこで華やかに行われることになっていた。が、テーマ・パーク側はある日突然、「主演男優は現地の昨今の状況を憂慮し、プレミアを欠席することといたしました」という一方的な通知を受け取り、卒倒しそうになった。彼と会うためのイベントやプライベート・パーティのチケットは世界中のファンの間でとっくに完売しており、招待客の中には北京《ペキン》の要人の令嬢らも含まれていた。テーマ・パークと水族館の間には一種の資本関係があったため、すぐに話し合いが持たれた。

最終的に、そのことが解放交渉の場で駄目押しの一打となったことは、もはやどの関係者の目にも明らかだった。

＊

アン・ワーのリリース自体は無償であったが、ロシアへの生体輸送については当然、多額の実費が発生した。イーサンとノアは〈RBグレンツェ〉から受け取った金をそれに充て、残りを今回協力してくれた人々への個人的な謝礼、自身の研究や仕事に必要なあれこれなどに使った。それでもまだ幾らかの金が残ったので、ノアは車を買い替え、母親の家をリフォームし、それからチェイスと長い休暇を取ってサルディニア島へと出かけていった。イーサンは、ラグジュアリーなクルーザーを二年間の契約で借りることにした（船はアンバーが選んだ）。無理をしてボート購入などしても、どうせすぐに維持費を払えなくなるのは目に見えている。

アンバーがレタスをパリパリとちぎり出す音を聞きながら、またいつの間にかうとうとしていたらしい。

気が付くと、そのアンバーがすぐ側に屈み込んで彼にキスしていた。

「眠り姫みたいに、よく眠るわね」

指先がイーサンの額の傷痕をなぞっている。

「そんなあなた、初めて見る。寝顔がたくさん見られるのはうれしいけど、何だか逆に心配になるくらい。……船で転んだ怪我の痕、もうほとんど目立たなくなったわ。よかった」

イーサンは、しばらくそのまま黙って、彼女の顔を眺めていた。

自分のせいで——セブンの神経を八つ裂きにし、独りぼっちで死なせることになっていたかもしれないあの日——デッキに立ち、ただ海を見ていたあの時間のことは、まだ誰にも話していない。

「……船で、悲しいことがあって」

アンバーの唇のリップ・クリームが、ベリィの甘い香りを放っている。

「黒い波に、呼ばれているような気がした。願望だったのかも……。もうそのまま、ずっと眠っちまいたくて」

数センチのところにあるアンバーの表情が変わった。今や、全神経を集中して聴いている。

「ずっと、君が恋しかった。本当に寂しかったよ、アンバー」

「イーサン、ベイビー。大丈夫よ、もう終わったの」

額にそっとキスしてくれた。

「海に呼ばれてしまう人は多いのよ……そういう人を、何人も私、知ってる」

「……何人、知ってても」

イーサンは気怠《けだる》い手を持ち上げ、アンバーのシャツのボタンを外し始めた。

「君が一番心配なのは、この僕でしょ……」

アンバーが、口の片端に皺を寄せた。黒い眉を険しくする。

「ほんと、むかつく男……」

＊

「港近くのマーケットで、地元のおばさんと仲良くなったの。美味しいっていうドレッシングのレシピを教わったわ。宇宙一簡単だって言ってたし、いけると思う。期待してて」

「はい」

イーサンは眼を擦り、横になったままタブレットを取った。

メッセージが溜まっている。私信だけを幾つか拾って読んだ。

メイヤー＝リンチ大学の若い研究者二人から、それぞれに近況を知らせる陽気な写真付きの短信が来ている。

イーサン一行が、ダッチハーバーを再び経由し――ジョナス一家が赤ん坊まで勢揃いして挨拶に寄ってくれた――無事本土へと帰還して間もなく、サヨコ秘書の予想通り、ソーバーグはミッション成功を祝う内輪の、しかし贅沢《ぜいたく》なパーティをNYで開いた。

会場に入ったイーサンとノアが最初に目にしたのは、まるで生き別れた兄弟と再会したかのような勢いで向かってくる、メイヤー＝リンチ大の研究チームの面々だった。

会場の煌《きら》びやかさに少々気圧《けお》され、何となくイーサンにくっつき気味だったノアも、チームの中で特に若く見える一人から「キャニスターを海に落としてしまったのは、僕なんです。足のお怪我は、いかがですか」と震えながら話しかけられ、手を握り合って、互いにほとんど泣きそうになっていた。

親しく交流を深めたその夜もやがてお開きとなり、イーサンはチームの一人ひとりと再び握手を交わし、心からの「グッド・ラック」を伝えた。二百メートルの深みからキャニスターが再び姿を現した時、ソーバーグは「我々が世界の未来を変えた」と口にしていたが、そう断言するのはおそらくまだ早い。

イーサンは自身も一研究者であり、新種の発電菌が本当に世界に素晴らしい変革をもたらすようになるまでには、この研究チームの寝食を忘れた、長い努力の時間が必要となるだろうことを知っていた。そしてきっと、少なからぬ幸運《グッド・ラック》も、また。今言えるのは、ノアと自分はセブンのおかげで、このチームに何とか「バトンを渡せた」ということだけなのだ。部外者にはこの先も決して知られることのない——どこまでも忍びやかで過酷であった、バトン・パス。永遠に気付かれぬままであることこそが勲章という、二ヶ月間の冒険。

ともあれ——大学での解析の滑り出しは、今のところ順調と見える。どんなに楽天的な研究者でも、もし喫緊の課題に深刻に行き詰まっていたら、ラボでのこんなふざけたスナップ写真など、交互に送り付けてきたりはしていないはずだ。

＊

祝賀パーティを例によってきっちり取り仕切ったサヨコからは、先月末でソーバーグの秘書を辞したという挨拶のメールが届いていた。ＮＹ州選出の現職上院議員のオフィスからスカウトを受けたという。

議員はまだ若手だが、次期大統領選のダークホースとも言われている人物だ。サヨコの姿をホワイトハウス中継のニュースで見かけるという未来も、もしかしたらあり得るのかもな、とイーサンは思った。

あれこれ歓待され、明日の朝には西海岸へと帰るという夜、〈ＲＢグレンツェ〉ＮＹ本社の最上階のバーで、夜景を前に二人だけでカクテルを飲んだ時間のことには、一言も触れられていない。ほんのひととき、見つめ合い、静かに指先を重ね合っていたことも。イーサンの恋人が読むかもしれないという配慮ゆえだろう。サヨコはそういう女性なのだ。

あの夜は結局彼女を自宅玄関の前まで送り届けるという形になったが、イーサンは最後までキス一つしなかった。彼のその疑いようもない敬意とある種の愛情とを、サヨコはただ優雅に無言の微笑で受け入れ、そのまま瑕《きず》ひとつない思い出として残すことを選んだ。

サンディエゴのキムからも、例によって衝動的なメッセージが来ていた。

『イーサン！　聞いて！　私、ママになるのよ！　しかも双子ですって、もうびっくり！　信じられないわ！』

イーサンも、あらびっくり、と寝たまま呟いた。

『パパは、あなた個人のことは気に入っているけど、実は私との関係を内心で疑ってもいたみたい。でもこうなって、見るからにほっとしていたわ。なんでほっとするのかしら？　有難いけど、タイミング的にますます不安になるべきじゃないかと、私思うわ。その点、ママの方がもっと現実的だし、自分に正直よ。遠回しに聞くもんだから、私、「ママ、もしかすると残念に思うのかもしれないけど、この双子がイーサンに似る可能性は、一〇〇％無いわ」ってはっきり言ってあげたの。だって、もし生まれるまでずっと期待させてたりしたら、それはそれで悪いんですもの。そしたら、「あら」としか言ってなかったけど』

思わず笑っていると、エプロンをし真剣な顔で冷凍の分厚いパテを焼いていたアンバーが、伸び上がってこちらを見た。

「何か可笑《おか》しいことあった？」

「いや、何もない」

アンバーは、しかし「何か」を感じたようだ。火を弱め、スパチュラを置き、やって来た。

イーサンは既に受信ボックスをスクロールし、別のメッセージに目を留めていた。思わず体を起こしてしまう。自分が以前に送っていたメールの、期待もまるでしていなかった返信が来ている。

「……なあに？」

アンバーがその彼の膝に乗ってもたれかかり、一緒にタブレットを覗き込んだ。

「差出人が、ロシアの名前ね」

「マクシム・アバルキンだ」

急いでメールを開く。

「セブンとアン・ワーを捕獲した、ロシアの会社の代表だよ――アン・ワーをリリースして帰国した後で、彼の会社のアドレス宛に、短いメールを送ってみておいたんだ。どうしても一言挨拶がしたくて。……画像が添付されている」

ナンバリングされた五個のファイル、『seven《セブン》』と付けられたそのファイル名の誘惑に抗しきれず、イーサンは本文を読むより先に、それを次々に開いてみた。

画像はどれも望遠によって撮影された写真だった。セブンの属するポッドはおそらくもう二度と、船の接近を許しはしないことだろう。

「……セブンだわ！　これ、そうよね？」

波間をゆく群れの中の背びれの一つを、アンバーが急いで指す。

「ねえ、じゃあこっちの雌がアン・ワーかしら？　……ああ、見て……セブン、凄いジャンプ……」

イーサンは、ただ黙って、アンバーの背に回した腕に力を込めた。

ジャンプ——

アン・ワーは中国を出た後、カムチャツカの海岸に設置された大型生簀で、衰えた体力を回復するためにしばらく涵養《かんよう》されていた。治療も効き始め、与えられる生餌を自分で食べられるようになったことが確認され、解放の日程についての連絡が来て、イーサンとノアはロシアへと発った。アンバーは米海軍の現職軍人であるために同行出来なかった。

水族館で他のシャチたちと過ごした経験があっても、アン・ワーは自分の生まれたポッドの方言を純粋に維持していた。彼女にとってそれはこの世で最も重要な意思疎通の方法であり、彼女のアイデンティティへとまっすぐに繋がるものでもあったのだ。そしてまたそれゆえに、彼女の放つ〈コール〉は最初から、沖をゆくあるポッドの注意を引き、かつ、やや複雑な混乱を生んだらしい。

特に異様な行動を示したのはその中の一頭の雄だった。生簀に到着したイーサンとノアは、VNIRO（全ロシア漁業海洋学研究所）の担当者から、自分のポッドを離脱したと思われる背びれに傷跡のある若い雄シャチが、ずっとこの海岸近くをうろついていると聞かされた。

アン・ワーの心身が目に見えて回復し始めたのは、明らかにその雄シャチが姿を現すようになってからのことだという。二頭は頻繁に、そして非常に熱心に鳴き交わしていた。雄が生簀に最接近するのはいつも夜間のようだが、姿そのものは昼間でも毎日視認出来ると教えられて、荷解《にほど》きをする間もあらばこそ、二人は海岸へと急いだ。

僕らのことを覚えているかな、とノアが訊いた。覚えていなくてもいい、とイーサンは思った。思ったが、しかし確かに波間を往復しているその黒々とした背びれを目撃した瞬間、先に涙を浮かべてしまったのはイーサンの方だった。

まだ距離のある海面を自由に泳いでいたその俊敏な若者のシャチが、本当に二人に気付き、そして彼らが誰であるか思い出したのかどうか、それはわからない。

だが、ただ岩場に立ち尽くして見守るうち、唐突に始まったその連続ジャンプ――

繰り返し、繰り返し。

近くで一緒に見ていた担当者らが驚きの声を上げるほどに、繰り返し。

ジャンプ。

セブン。アン・ワー。ホーム。

＊

マクシム・アバルキンのメールは英語だった。構文は出だしからシンプルで、英文メールの基礎をコツコツ独学した人物が書いたことを窺わせる、朴訥《ぼくとつ》な文章のように思われた。

イーサンとアンバーは頬を寄せ合い、天国のように吹き過ぎてゆく碧《あお》い海風の中で、あの遥かな北の海から届いた便りを読み始めた。

【主要参考文献】

『言葉を使う動物たち』エヴァ・メイヤー／安部恵子訳（柏書房）
『イルカと話したい』村山司（新日本出版社）
『サイボーグ化する動物たち』エミリー・アンテス／西田美緒子訳（白揚社）
『死なないやつら』長沼毅（講談社）
『海の教科書』柏野祐二（講談社）
『海獣水族館』村山司・祖一誠・内田詮三編著（東海大学出版会）
『トレーニングという仕事』志村博（東海大学出版部）
『シャチ学』村山司（東海教育研究所）
「ナショナル ジオグラフィック日本版 二〇一五年八月号」（日経ナショナルジオグラフィック社）
「ナショナル ジオグラフィック別冊 動物の言葉」（日経ナショナルジオグラフィック社）
「ナショナル ジオグラフィック別冊 動物の心」（日経ナショナルジオグラフィック社）

解説

村山司

ヒトに心があるように動物にも心はあるのだろうか。

イヌやネコなどのペットを飼っていると、彼らの気持ちや考えていることがわかるように感じることがある。それは飼い主の一方的な思い込みと言われそうだが、でも、あながちそうとも思えないときもある。ペットの動物だけでなく、水族館や動物園で飼育している動物でも然《しか》り。その何気ないしぐさから、彼らにも何か心に似たものがあるように感じる。そんなふうに思うのは、もし動物に心があるなら、その心に触れてみたいという想《おも》いがヒトの心の奥底にあるからではないだろうか。では、動物の心を知るにはどうすればいいのか、動物と話をするには何をしたらいいのだろう。答えは難しいが、でも、もしもそんな願いがかなうとしたら、それはこの本のストーリーのようにだろうか。

本書は第三十四回小説すばる新人賞を受賞した作品である。この賞は応募者が多く、これまでその審査のお眼鏡にかなった数々の作品が世に送り出されている。私は大学で教鞭《きようべん》をとる身であるが、受験生が多いほど偏差値が高くなり、それだけ合格が難しくなるものである。それと同じで、応募者が多いほど質の高い作品が集まり、受賞する難易度も高くなるはず。本書はそうした難関を経て世に出た作品であるが、案の定、読み進めていくと、次々と予期しなかった何かが起き、ハラハラ・わくわくな展開がページをめくる手を止めさせてくれない。しかし、ただそうした出来事が単純に書き並べられているのではなく、ところどころに「これはどういうことなのか」といった問題もはさみ込まれており、考えさせてもくれる。そんなストーリーも本書の読みごたえを高めてくれるのに一役買っている。

プロフィールによれば、著者の永原皓氏は長野県出身とある。海のない県の出身である著者が、どんな想いで海の生き物を対象とした物語を書くことに挑戦しようと思ったのか。本書を通して何を説き、何を語りたかったのか。そんな著者の想いを想像しながら読んでいくのも本書の読み方の一つである。

さて、物語は二頭の動物の会話のシーンから始まる。しかし、これだけではこの会話の主たちがいったい誰なのかはわからない。ただ、「ザトウクジラ」という言葉が出てくることから、どうやら語っているのは海の生き物らしいことはなんとなく想像できる。そのあとの第1章では、いきなりシャチの捕獲シーンとなる。そう、ここでようやく本書の主役がシャチであることがわかる。

そもそもシャチは鯨類（イルカ・クジラの仲間）の一種で、北は北極海から南は南極海まで世界中で広く見られ、地球上で最も分布域の広い哺乳類である。大きなからだと高くそびえたつ背ビレは威厳すら感じさせ、そして何より、明瞭な白黒のツートンカラーの体色は実に美しい。シャチの人気が高いゆえんである。

そうしたフォルムもさることながら、彼らの持つ知的さもすごい。シャチは仲間と協力して狩りをするが、その狩りのしかたが実に巧妙で、計算されたものである。また、その知的さゆえに、いわゆる学習能力が高い。そのことは本書を読み進める上での大きなポイントである。

また、堅固な「家族」をつくることもシャチの特徴的な習性である。一般に「ポッド」とよばれる集団は、日本語では「拡大家族群」と訳されることもあるように、血縁で結ばれた堅固な家族の集団である。本書ではこの特性も重要なカギとなる。

さて、話をストーリーに戻そう。

冒頭で語り合っているのはそんな血縁関係にある子シャチたち。どうやらいとこどうしらしい。シャチに限らず、イルカたちがお互いに音で会話をしているのではないかということは古くから言われてきた。さまざまな観察から、彼らの発する種々の鳴音が何らかの意味を持っていると推察されている。特にシャチには「コール」と呼ばれる鳴音があり、これは「方言」とも言われるように、群れ（ポッド）で固有のものもある。シャチたちはそうした音で交信し合っていると考えられてきた。本書冒頭で登場する二頭の子シャチたちは、まさにそんなふうにしてお互いに「会話」を楽しんでいるところなのかもしれない。

しかし、その二頭のシャチが捕獲された。そして、そのうちの一頭は海洋研究所で、ある企業からの依頼を果たすための訓練を受けることになる。野生から捕えられて間もないシャチにわずかな期間で高度なことをさせる訓練だ。しかし、このシャチはそのずば抜けた能力で順調に学習していく。そんなある日、海で訓練していたこのシャチはクジラと出会い、そこでそのクジラから一緒に捕えられ離ればなれになったもう一頭のいとこのシャチの消息を知ることになる。そして自分は無事なことを伝えてもらう。シャチの家族（血縁）のきずなの強さを反映したストーリーである。

やがて、シャチは現場となる海域へ連れていかれ、訓練されたことを駆使して任務に挑むことになる。

このような展開で話が進んでいくが、本書は二つの立場からの読み方ができる。それは、科学的な観点から読む立場と動物との会話を夢見る立場である。

本書ではシャチの生態や種々の科学的事象がとてもよく調べられている。シャチ自体の生物学的な特性についてはもちろんであるが、シャチによるヒトのことばの模倣やイルカにおけるヒトのことばの理解といった科学的な知見・事実がうまく咀嚼《そしやく》・編集されて組み込まれている。架空のストーリーでありながらも、背景の描写や話の展開にそれを感じさせない安定感があるのは、そうした科学的な知識や情報による裏付けがあるからである。ただ、物語の中でも出てくるように、訓練が順調すぎる点はやや現実との乖《かい》離《り》は否めない。たとえば、野生から搬入された動物に対して最初にやることは餌付けだが、ふつう、これがなかなか難しく、その後の訓練に結び付けるためにも慎重にやらなければならない。だから、結構時間がかかるものだが、本書ではそれがすでにできている設定になっている。また、企業からの依頼である任務を果たすために種々の訓練がなされるが、現実にはかなり高度な訓練であるはずなのに、主人公のシャチはそれらを次々とこなしていき、驚異的な速さで訓練が仕上がっている。これも現実にはなかなか起こり得ない。つまり、これらの点は厳密に言えば架空の域を出ていない。しかし、架空と言っても、この物語で訓練していること自体はイルカやシャチの認知や感覚の実験でもよくおこなわれていることで、決して実現不可能なことを言っているわけではない。だから、「時間」という概念を度外視すれば、餌付けにせよ、訓練にせよ、達成できる可能性があることばかりで、その意味では、あり得ないストーリーではない。そのあたりは、広い海の中、もしかしたらそんな頭の回転の速いシャチもいるかもしれないくらいの読み方をすればよい。

一方、「会話を夢見る立場」からの読み方では後半からが佳境になる。ヒトと動物のあいだで心を通わせることはできるのか、またもしできるなら、それはどんな形なのかということを考えさせる展開になる。

物語では、もう一方の主役である海洋研究所のイーサンの心の葛藤が大きな焦点となっている。動物を飼うには動物との信頼関係が重要である。それは水族館などで動物を飼育したり、そうした動物で行動の実験をしたりするときも同じ。そこに信頼関係がなければ、できることもできないし、逆に、信頼関係があれば、できないことができるようになることもあるかもしれない。本書で驚異的なスピードで訓練が進んでいくのも、そうした信頼関係のおかげ……と言えなくもない。この物語はまさにそんなヒトとシャチの心の信頼関係を背景にストーリーが成り立っている。

シャチのセブンは自分に献身的な扱いをしてくれるこのイーサンに強い信頼を寄せていく。そして、自分の家族（いとこ）であるシャチへの慕る想いがセブンにヒトの言葉を発させた。セブンは信頼できるヒトとしてイーサンを選び、彼の名を呼び、自分の願いを言葉にして伝えたのだ。一方、イーサンはいつもセブンのことを考え、幾ばくかの時を過ごすうちにこのシャチが何を望んでいるのかを知り、セブンの言葉を耳にする。それからイーサンもセブンに語りかけるシーンへとつながる。そして、セブンが任務を果たした後、その想いをかなえてやろうと決意する。そんなヒトの誠実さとシャチの心模様を丁寧にからめることで物語の深さが増している。

こうした光景はかつて放映された『イルカの日』(一九七三年、アメリカ)という映画のシーンを彷彿《ほうふつ》させる。その映画は、南の島で一人の研究者がイルカにヒトのことばを教え、話させる研究をしていたが、最後は海に放してやるというもの。そこでもイルカと研究者との深い信頼関係が描写されている。本書におけるイーサンとセブンの関係はそれとよく似ている。

結局、これらの物語は主人公がイルカやシャチだから成立し、楽しめたストーリーと言えるかもしれない。私はイルカやシャチを対象として認知や感覚の研究をしているが、これらの動物にはヒトと共通した認知特性があることがわかってきた。本書はシャチを主人公とした架空のストーリーではあるけれど、科学の世界では夢と現実は紙一重。部分的とはいえ、ヒトと共通した心を持つ動物相手にそうした科学的な真実を積み重ねていくと、その先で本当にこんな夢のようなことが起きるんじゃないかと予感させてくれる。ただし、ヒトにはヒトの生きざまがあるように、シャチにはシャチの生きざま、尊厳がある。だから、そこで大切なことは動物を思いやる気持ちとヒトの誠実さである。それがヒトと動物の心が通じ合うことにつながるのだ。本書を通した著者のねらいはそんなところにあるのではないだろうか。

(むらやま・つかさ　東海大学海洋学部教授)

本書は、二〇二三年二月、集英社より刊行されました。
文庫化に際し、加筆・修正をいたしました。

初出「小説すばる」二〇二一年十二月号（抄録）

第三十四回小説すばる新人賞受賞作

本作品はフィクションであり、人物、事象、団体等を事実として描写・表現したものではありません。

JASRAC 出 2310255-301

集英社文庫　目録（日本文学）

集英社文庫　目録（日本文学）

集英社文庫

コーリング・ユー

2024年2月25日　第1刷　　定価はカバーに表示してあります。

著　者　永原《ながはら》　皓《こう》

発行者　樋口尚也

発行所　株式会社　集英社
東京都千代田区一ツ橋2-5-10　〒101-8050
電話　【編集部】03-3230-6095
　　　【読者係】03-3230-6080
　　　【販売部】03-3230-6393（書店専用）

印　刷　TOPPAN株式会社

製　本　TOPPAN株式会社

フォーマットデザイン　アリヤマデザインストア　　マークデザイン　居山浩二

ISBN978-4-08-744618-0 C0193